KB199364

인용 허가 안내

이 책의 내용의 일부를 인용하는 것을 허락합니다.

SNS, 블로그, 출판물 등에 책의 내용 중 일부를 인용하실 수 있습니다.

단, 출처를 반드시 밝혀주세요.

리뷰는 언제나 감사합니다!

왜 욕망하는가

작가 본연의 글맛을 살리기 위해
한글 맞춤법에 맞지 않는
일부 표현을 수정하지 않았습니다.

글에는 작가 고유의 지문이 있습니다.
작가의 심리와 무의식이 반영된
자유로운 문체를 추구합니다.
비문과 오문을 허용하며 글맛을 살렸습니다.

왜 욕망하는가

김지연

마음세상

남을 위해 살아가는 것 같지만

사실 나는 나를 위해 살아가는 것이다.

모든 사람은 오직 자기 자신을 위해서 살아간다.

Contents

나다움을 타인에게서 찾는다

위장된 욕망

어떤 선택을 하기까지 많은 것을 알아본다. 타자의 의견을 수집하고 고민을 한다. 발품을 팔아 많은 정보를 수집해도 최선의 선택을 하기란 어렵다. 어쨌든 최종 선택은 언제나 주체가 한다. 그래서 그에 대한 책임도 주체가 모두 진다. 이것은 회피할 수 없다. 자율적인 세상에서 사실 강요된 것은 아무것도 없다. 이렇게 막연하다 보니, 무슨 정답처럼 선호하는 것이 카테고리로 묶여 있긴 하지만, 그건 어디까지나 통념의 기준이다. 남의 생각대로 살면 결과가 실망으로 이어질 수 있기 때문에 내 생각대로 살아야 한다. 경험자나 권위에 기대어 남의 생각에 맞춰 산 이유는 남이 제시한 결과값에 대한 어떤 기대가 있기 때문이다. 타인의 인정에 갈증을 느끼면서도 내가 원하는 것이 아니었음을 깨달았을 때는 이미 돌이키기 어렵다. 원망을 타인에게 돌리면, 타인은 눈을 흘기며 말할 것이다.

"네가 선택해 놓고 왜 나한테 그래?"

단지 투사를 하기 위해서 타인에게 의견을 구하면 안 된다. 타인도 자기를 위한 조언을 하지, 진정 남을 위한 조언을 하지 않는다.

내가 원하는 대로 살고 싶은데 왜 그러지 못하는가? 그건 내가 원하는 게 무엇인지 잘 모르기 때문이다. 그걸 알려주는 사람도 없다. 나 자신에 관해서 잘 알지 못한다. 사랑을 할 때도 상대방에 관해서 다 알고 사랑하는 게 아니다. 마찬가지로 삶을 살아감에 있어서도 내가 내 자신에 관해서 다 알고 사는 것이 아니다. 오히려 이리저리 부딪히면서 나 자신을 알아가는 여정이라고 하는 것이 맞다. 살아가는 과정에서 나도 모르는 나의 면모를 발견하고 아주 깜짝 놀라곤 한다. 나와 안 맞는 것, 내가 할 수 없는 일인데도 남들이 보기에 버젓해서 혹은 수입이 좋아서 덤볐다가 큰 손해를 보기도 한다. 나 자신에 대한 몰이해가 이토록 무섭다. 열심히만 하면 된다는 생각은 안일하다.

인생이란 어둠 속에 있는 나라는 모호한 존재를 심연 바깥으로 조금씩 끄집어내서 실체를 알아가는 것이다. 그것은 신비로운 작업이지만, 평생을 살아가면서도 내 자신을 완전히 다 드러내서 알아갈 수는 없다. 드러난 부분은 계속 그렇게 있는 게 아니라 다시 어둠으로 잠식하기 때문이다.

나다운 게 뭘까? 나답게 사는 게 오히려 더 애매하고 막연하다 보니, 다른 사람들을 참고해서 살아가게 된다. 세상 모든 것은 질서정연하게 이분화되어 있다.

그래서 능력껏 노력을 해서 남들이 좋다는 공부를 하고 남들이 좋다는 일을 해본다. 이렇게 남한테 의지를 한다. 반드시 경험을 통과해야만 나와 맞는지 어쩐지도 알 수 있다. 어찌 보면, 이러한 삶이 남들 시선에 갇혀 사는 삶 같다. 그곳에는 내가 없는 것 같다. 하지만 그건 틀린 생각이다. 위장된 생각으로, 사실 처음부터 내가 의도하고 내가 선택한 삶이다. 나는 언제나 보다 나은 것, 보다 좋은 것을 추구하고 있다. 세상 어떤 사람도 남을 위해 자신의 삶을 살아가지 않는다. 정말 사랑하는 사람이라도 그 사람을 위해 나의 삶을 살 수는 없다. 사람은 오직 자기 자신만을 위해서 살게끔 되어 있다. 고민의 시간이 아무리 길어도 길게 나눈 대화가 무색하게 최종적으로는 자기 자신을 위한 선택을 하는 것이 인간의 본능이다. 그래서 말리는 결혼을 하고 말리는 일을 하고 말리는 사표를 쓴다. 그러니 주체에게 처음부터 타자는 없다. 실패할 경우 책임

회피를 위한 저열한 투사만이 존재할 뿐이다.

사람에게는 욕망이 있다. 욕망은 어떤 것일까? 욕망은 안전하지 않은 것이다. 욕망은 불가능한 것을 이루려는 심리에서 발생하기 때문이다. 가질 수 없는 것을 가지려고 열망하고, 상처 주면서 느끼는 고통보다 진한 희열 같은 것 말이다. 좋은 게 나쁜 것이고 열정이 냉정이 될 수 있는 모순의 영역이다. 그러니 욕망에는 이 모든 것을 가능하게 하는 환상적인 요소가 있다. 욕망은 무의식과 의식을 맴돌며 역동성을 담지한다. 마치 살아있는 동물 같다. 이렇듯 욕망은 언제든 바깥으로 튀어나가 실현되고자 하는 힘이 있다. 남이 이끄는 대로 산다고 착각하는 주체는 사실 자신의 타성이 위장되었고, 내면 속 이율배반적인 정체성을 인정하기 위해서는 바로 이 욕망의 힘이 동력으로 작용한다.

처음부터 남을 위한 것은 하나도 없었다. 결국은 나를 위해서 남을 위하는 척을 했을 뿐이다. 사람은 위장된 욕망의 힘으로 처음부터 끝까지 자신의 삶을 스스로 선택한다. 그것이 인생이다.

내가 말한 건 너의 마음이다.

나의 언술은 타자의 욕망이다

생각한 대로 말하고 있는가? 그럴 수 없다. 누군가를 이해한다는 것은 그 사람의 마음을 들여다보는 것이고, 그 사람이 듣고 싶은 말이 무엇인지 사유하는 것이다. 대화는 원래 듣고 싶은 말이 아니라면 집중을 이끌지 못한다. 관심사가 아닌 말은 퇴화하게 된다. 나는 내 마음을 어느 정도 수준으로 알고 있는가? 내가 원하는 것은 정녕 어떤 것인가? 나의 결핍을 채우고 충만함을 부여할 무언가가 존재하기는 하는가? 결핍감을 느끼는데 어디서 일어난 결핍인지, 그 결핍이 어떻게 생긴 것인지, 왜 생긴 건지 알 수도 없는 캄캄한 그 심연을 이해할 수나 있는가? 내 마음조차 미지의 영역이다 보니 그것을 타인에게 찾는다. 타자의 마음속에서 타자의 욕망을 발견하고 그것을 어떤 깨달음을 경험하고 말하게 된다.

누군가의 기대에 충족하고 인정을 받는 삶, 그것은 성공의 다른 이름이다. 타자로부터 인정받고 신뢰를 받기 위해서 나의 언어는 타자의 욕망으로 점철된다. 내가 나로서 존재하지 못하고 타자으로부터 대상화되어 그 사람 앞에서 '말하는 거울'이 되는 것이다. 나는 내가 아닌 또다른 그 사람이 되어 그 사람이 진정 원하는 것을 대신 말해주는 것이다. 즉, 내가 진정 원하는 것을 말하는 것이 아닌, 타자가 원하는 것을 말하게 된다. 그 순간에는 나의 생각이라고 착각한다.

여기 마음에 드는 사람이 있다. 밤잠 못 자게 나를

설레게 하는 사람이다. 그의 관심을 끌고 싶고 그 사람도 나를 좋아하게 만들고 싶다. 그냥 감정 그대로 말했다가는 그가 달아날 것 같다. 그래서 그에게 참견을 해서 이리저리 그의 삶에 흘러 들어간다. 그러면서 사소한 일에도 부딪히고 불편한 파열음을 내서 여러 가지 자극을 준다. 이성애적 리비도가 부여되면 공연히 화를 내는 일도 잦아진다. 고민하고 방황하던 그가 문득 말한다.

"당신을 사랑해."

그는 자신이 경험한 매력 있는 방황과 고민의 속성이 사랑이라고 결론 내린 것이다. 사랑의 고통이 주는 쨍한 느낌을 생생하게 느끼면서 말이다. 이것은 내가 너무나도 듣고 싶은 말이다. 그가 먼저 고백했으나 응답하기도 쉽다. 이 말의 진위는 어느 정도일까? 그는 자신이 하고 싶은 말이 아닌, 내가 듣고 싶은 말을 한 것이다. 나의 욕망인데 마치 자신의 욕망인 줄 착각하고 언술한 것이다. 그럼에도 나 역시도 그의 말을 신뢰한다.

사실 그의 말은 틀렸다. 그 사람 앞에서 그 사람을 비추는 거울이 되어 이렇게 말했어야 했다.

"당신이 나를 사랑하는 것 같아요."

이렇게 말하면 나는 매우 뜨끔하여 내 마음을 돌아보고, 아니라고 발뺌할 수도 있다.

정말 내적으로 그 사람을 사랑하는 게 아닌데도 스스로 오류를 내서 타인의 욕망을 자신에게 체화하여 그 사람의 의도를 언술하게 된다. 그때는 그게 사랑인 줄 알았고 진실인 줄 알면서 말이다. 대부분의 언술은 타인의 욕망이 반영되어 있다.

'너를 사랑하는 것'과 '나를 욕망하는 것'은 본질적으로 다르다. 사랑은 희생이라는 넓은 의미로 너그러운 이해와 포용이 존재하지만, 욕망은 아무것도 지기 싫은 아주 이기적인 것이다. 잘못을 저질러도 가책감

이 들지 않는 뻔뻔한 것이다. '너를 욕망한다'는 것의
의미는, 네가 내 말에 복종하고 나에게 종속되어야 함
을 뜻한다. 타인을 소유하는 것을 넘어 지배를 하는
것이다. 타자로부터 지배받은 주체는 타인의 욕망을
자신의 욕망으로 착각한다. 하지만 인간은 자기 자신
을 상실하면서 스스로를 찾는다. 이때 상실한 자기 자
신의 '심연의 나'이고 찾은 나는 '드러난 나'이다. 주
체는 타자의 욕망을 언어로 표현하며 타자에게 들려
주고, 타자는 자신의 욕망을 스스로 재확인하지만, 주
체는 정서적으로 고갈됨을 체감할 때 '말하는 거울'은
부숴지고 비로소 회의를 느끼며 자기 자신을 찾는다.
타인을 밀어내고 부정하면서 진짜 자기 마음을 찾아
내는 것이다. '나의 마음'은 타자와의 교류 없이는 감
각되지 않는 것이다. 나란 존재는 나 자신도 잘 알지
못하는 심연의 아주 어두운 존재다. 타자를 통해 나는
아주 조금 나에 대해서 알게 된 것이다. 타자를 통해

나의 심연을 덜어낼 수 있던 것이다.

욕망이란 이렇게 위장이 되어 내 것인지 남의 것이 구분이 되지 않는다. 사람은 타인과 만나면서도 타인을 있는 그대로 인정하지 않고 또다른 자신, 자신을 비추는 거울처럼 대한다. 그래서 자신이 원하는 것을 투영하고 기대감을 갖는다. 듣고 싶은 말을 듣고 싶고 느끼고 싶은 감정을 추구한다. 주체는 타인의 욕망을 맹목적으로 따르는 과정으로 자기화의 경험을 통해 자기 자신의 의미를 찾는다. 이처럼 욕망은 타자와 주체 사이를 넘나들며 유동적으로 움직인다.

나다운 것이 반드시 행복한 것이 아니다.

사람에게는

자기 파괴의 욕망이 있기 때문이다.

추억할 일보다

앞으로 어떻게 사느냐가 더 문제다.

누가 이유 없이 나를 미워하는 건

누가 이유 없이 나에게 잘해주는 건

내가 누군가의 사본이기 때문이다.

그는 나를 바라보면서 다른 사람을 연상하고

그 사람과 연관지어 나를 대한다.

패러디는 나의 의지와 무관하게 이루어진다.

원본과 사본 그리고 패러디

첫사랑, 첫 사람, 첫 직장, 첫 데이트, 첫 키스, 첫 경험, 첫 외도.

처음은 그 자체로 가치가 있다. 마치 어떤 자연물처럼 생명력이 있고 운명적인 것이다. 누구나 처음을 중요시한다. 처음 경험한 것 자체가 의미가 된다. 나의 경험에서부터 처음도 의미가 있지만, 남의 인생에 내가 어느 처음을 기록한다는 것도 의미가 된다. 나의 첫사랑이 따로 있듯 나도 누군가에게는 첫 사람이고 첫 친구이고 첫 동료였을 것이다. 매년 내리는 첫눈을 보며 마음이 설레는 것도 그 처음이 주는 신선함과 두근거림 때문이다. 두 번째 이상부터는 그때만큼의 인상을 남기지 못한다. 단 한 번뿐인 처음. 반복된 것들은 이내 일상적인 것이 된다. '처음'을 기록하는 모든 것은 그 어떤 것도 대신할 수 없는 그 자체로 '원본'이라 부를 수 있다.

　처음이 늘 환영 받을까? 처음 하는 것은 대체로 미숙하고 서툴다 보니, 어느 순간부터 초보를 기피하고 경력자를 우선시하는 풍조가 생겼다. 사람들은 자기 할 일만 하는 것을 좋아하고 남을 가르치는 것을 싫어한다. 남에게 쓰는 시간을 아깝다고 여기게 되었다. 그만큼 남에게 간섭하는 걸 귀찮아한다. 원래 어깨 너머로 배우는 것인데, 배우고 나서 감사한 마음을 표현함에 있어 인색한 것도 아마 한몫을 한 것 같다. 공들여 가르쳐봤자 소용없다는 생각이 타인에게 공헌했다는 뿌듯함을 소멸시킨 것 같다. 그래서 경력자가 대접받는다. 일일이 가르치지 않아도 알아서 척척 하는 사람을 선호한다. 뭘 모르는 사람과는 진행이 어렵다. 모르는 건 죄다. 연애를 한 번도 안 해본 사람과는 데이트 하는 것도 어렵다. 그래서 연애 경험이 있는 사람이 편하다. 경험은 재산이다. 어느 순간부터 이 설레는 기대감을 주던 '처음'이라는 존재가 무시되기 시작했다. 펄펄 내리는 첫눈을 보며 미끄러운 눈길을 걱정하는 삭막한 감성이다. 경사로에서 누가 썰매라도 타면 지나갈 때 부딪히기라도 할까봐 괜히 성가시다. 낭만은 어디로 갔는가. 경력이 있는 사람은 자기 노하우가 있어 '알아서' 하는 것이 많다. 경력이 쌓여서 만들어진 것들은 앞선 다른 사람의 빈 자리를 채우는 대체자로서 '사본'이다. 인생의 궤적이 있는 나는 나도 모르는 사이 누군가의 사본이고, 내가 떠난 자리에 누군가가 나의 사본이 되어 기능하고 있을 것이다. 인생이란 이처럼 패러디의 순환이다. 이미 많은 인생의 궤적을 쌓아 사본으로서의 삶이 익숙해진 사람들은 서로간의 관계를 진지하게 생각하지 않는다. 사람들과 사람들 사이의 끈은 느슨해지고 얼굴을 마주하는 잠깐 동안만 인사를 하고 대화를 나누는 어떤 인연일 뿐 퇴사하면 따로 만나지도 않는다. 한 직장에 매여 좋든 싫든 어쩔 수 없이 만난 사람들이다. 이직과 퇴사가 반복되면 이런 사본화된 삶에 익숙해진다. 사본은 대체자를 넘어 더 큰 의미를 가지게 되었다. 날것이 원본이라면 보다 현명한 것, 부족함을 수정한 것, 이성적인 것, 보편성이 있는 것, 이제 그런 것들이 사본이다. 원본이 이상이라면 사본은 현실이다. 원본이 값비싼 생화라면 사본은 가성비 조화이다. 사본에는 많은 사람들이 부담 없이 접근할 수 있다.

이제는 '처음'이 추억이 되지 않는다. 누구나 한 번쯤 원본의 기억을 가지고 있지만, 그것을 중요하게 생각하지 않는다. 원본의 아우라는 어디로 갔는가. 아무도 간직하지 않는 '처음'은 인생에서 내쳐졌다. 이상을 쫓으며 살아갈 수 없다. 원본보다도 내가 소유한 사본이 더 가치 있다. 아무도 대체하지 못하는 절대적인 것보다 언제든 대체되는 것이 일상이 되었다. 누군가의 원본이 되지 못하면 가치가 없다는 생각은 순진함이 되었다. 처음은 다 지나간 것인데 뭐가 중요한가? 지금이 중요하고 마지막이 중요하다. 멀리 있는 원본보다 손 내밀면 바로 볼 수 있는 사본이 더 인정받는다. 앞뒤 물불 안 가리는 진정한 사랑은 오히려 비난받고 현실에 맞는 세속적인 사랑은 부러움을 산다. 비슷비슷한 사람들끼리 결혼을 하고 갈등이 생기면 재산 형성 기여도에 맞게 합리적인 이혼을 한다. 배우자의 외도를 목격하면 직관적으로 너 죽고 나 죽자며 칼부림을 하는 게 아니라 이성적으로 사진을 찍고 녹음을 한 뒤 소장을 접수한다. 원본보다 사본이 더 환영받는다. 랩 다이아몬드 시장이 천연 다이아몬드 시장을 뒤흔든다. 고가의 고귀한 천연이 의미가 있을까? 가성비 있고 반짝이는 인공물이 더 값지다. 진정성은 본래부터 존재하는 것이 아니라 만들어지는 것이다. 아름다운 풍광에 질서정연한 거리를 보면 아마도 이것이 맞다는 생각이 든다.

당신은 당신이 원하는 것을 말할 수 있는가?

지금 말한 것이 진짜 당신이 원한 것임을

자신할 수 있는가?

담론의 층위

모든 정신적인 것들은 위대하다. 어떤 정신을 가지고 있느냐에 따라 행복과 불행이 나뉘어지고 인생이 달라진다. 풍요로움 속에서도 불행할 수 있고 빈곤함 속에서도 온화할 수 있다. 정신적인 것들은 그 자체로는 무형으로 실체가 존재하지 않는다. 그래서 정신은 언어를 통해서 존재감을 드러낸다. 그것은 글을 왜 쓰는지에 대한 응답이 된다. 글을 쓰는 행위는 정신적인 것을 언어화하는 것이다. 내가 만들어낸 나의 담론을 통해 나를 구성해가고 완성하는 것이다. 내가 쓴 글이 바로 나 자신인 셈이다. 글은 몸처럼 물질적인 것이다. 정신이 물질화된 것, 그것이 바로 글이다. 정신은 물질화를 원하는가? 그렇다. 정신은 실체가 없어서 언제나 물질화를 꿈꾼다. 이 세상에 없는, 그러니까 어떤 영혼이 다른 이를 통해 물질로서 이 세상에 태어나고 싶은 욕구 같은 것이다. 누군가가 태어나고 싶은 욕구가 남녀로 하여금 사랑과 욕정을 일으킨다. 연인이 느끼는 격정적인 연애감정도 두 사람만의 온전한 정신이 아니라 사실은 태어나지 못한 누군가가 자신의 탄생을 위한 역동적인 전략인 셈이다. 거부할 수 없는 욕망은 내부가 아닌 언제나 외부로부터 온다. 따라서 스스로를 성찰하는 것으로는 방법을 찾을 수 없다. 그래서 운명인 것이다.

담론은 특별한 것이 아니다. 그냥 말이다. 언어이고 소통을 위한 대화이다. 말은 주체와 주체 사이를 잇는 매개이다. 언어도 한정적으로 사용되기 때문에 비언어로 남아 있는 정신은 실체 없이 잔류한다. 때로 그것들은 미술이나 음악으로 재현되기도 한다. 비언어적인 매체가 전하는 정신은 그만의 감동을 불러일으킨다.

그럼 의문이 들 수 있다. 정신이 언어를 만든다면, 언어는 정신을 만들어내는가. 언어는 정신을 형성한다. 좋은 언어를 사용하면 좋은 정신이 만들어진다. 마음이 지옥같더라도 글은 긍정적이고 밝게 쓴다. 그러면 밝은 정신이 만들어진다. 그래서 힘들고 어려울 때도 위축되지 말고 다시 일어서자고 글을 쓴다. 행복해서 웃음이 나올 지경일 때도 담담하자고 글을 쓴다. 그러면 그에 맞는 정신이 만들어진다. 정신은 유동적인 것이기 때문에 변화하기도 쉽다. 언제나 물질화를 꿈꾸기 때문에 존속하기 위해서라도 정신은 무리한 고집을 부리지 않는다. 더럽고 추한 언어는 언제나 버림받을 위기에 처해있기 때문이다.

정신이 직조한 언어는 발화를 하여 타인과 소통하는 매개가 된다. 대화라는 상호 작용을 통해 물이 만나는 여울목처럼 공통의 관심사와 방향이 정해진다. 담론 속에서 정신은 변형이 된다. 소통 과정에서 피드백이 일어나기 때문이다. 아무리 귀담아듣지 않고 자기 말만 하더라도 타인의 언술에 흔들리지 않는 사람은 없다. 사람은 정적이 말하는 피드백도 한 번쯤은 생각을 해보기도 한다. 적이야 말로 친구도 해주지 못하는 날카로운 조언을 하는 존재다.

슬픔이라는 정신이 있다. 이것을 언어화할 때 그냥 솔직히 슬픔이라고 해도 좋다. 슬픔이 슬픔으로 규정되었다. 하지만 다르게 언어화하려고 한다. 슬픔을 기쁨이라고 언어화하였다. 슬픔이 기쁨이 되는 연금술이 있는가? 그러면 이렇게 정신작용을 하게 된다. 슬픔 속에서 기쁨을 찾는다. 슬픔 속에는 기쁨이 있는가? 있다. 슬픔을 잘 찾아보면 그 속에는 기쁨이 있다.

그것을 찾아내는 놀라움. 불행한 일을 겪었다고 해도 세부적으로 따져보면 그것이 일으킨 장점이 분명히 있다. 슬픔의 다양한 층위와 수많은 세포같은 미지의 정신이 내재되어 있음을 찾을 수 있다. 이처럼 언어는 정신을 심층적으로 해부한다.

인간은 타자와의 담론을 통해 타자의 욕망을 내면화한다. 언어 속에는 그 사람의 정신이 깃들어 있고 무의식이라는 작은 씨앗이 숨겨져 있다. 대화는 타인의 정신을 받아들이는 작업이다. 그런 의미에서 대화란 타인의 욕망을 수용하는 것이다. 나의 욕망과는 다른 낯설고 이질적인 것. 내가 한 번도 욕심내지 못한 아주 생경한 것. 그래서 누구와 소통하는지가 중요하다. 놀랍게도 나와 안 맞는 사람, 내 편이 아닌 사람, 나와 정반대인 사람에게 매력을 느끼기도 한다. 끌리는 대상이 따로 있는 것은, 그 사람을 내 안으로 내면화하고 싶은 욕구가 발현되었기 때문이다. 혹은 내가 그 사람의 내면으로 들어가고 싶다는 기제가 작동했기 때문이다.

내 정신의 한계가 왔을 때, 내가 내 마음을 알지 못할 때 타인과의 작용으로 타인의 욕망을 내 안으로 체화하고 그 속에서 새로운 정신을 만들어가는 일, 그것이 소통이다. 내가 받아들인 타자의 욕망이 내 안에서 융합이 될 수 있고 혹은 불화할 수도 있다. 때로는 타인의 욕망이 없이는 견딜 수 없을 만큼 의지하게 되기도 하고, 때로는 지나친 간섭으로 인해 괴로워질 수도 있다.

타인의 욕망이 온전히 나 자신의 것으로 체화되었을 때 나는 더 이상 그 사람을 필요로 하지 않을 수 있다. 완전히 내가 되어버린 타자에게서는 더 이상의 이질감을 느낄 수 없다. 또 다른 새로움을 추구하기 위한 새로운 담론을 요구하게 된다. 주체가 타자가 된 셈이다. 인간은 내가 당신이 되면서 성장한다.

담론은 타인의 생각을 무의식적으로 내면화하는 것이다. 내가 사랑을 느껴서 사랑을 고백하는 것이 아닌, 대상이 나를 사랑하는 것 같아서 사랑한다고 말할 수 있다. 내가 대상에게서 사랑을 발견하고 그것이 마지 보물찾기에서 보물을 찾은 것처럼 감탄하며 그것이 원래부터 나의 감정이었던 것처럼 생각하게 되는 것이다. 내 것처럼 위장된 타인의 욕망은 진실로 나의 것이다. 원초적인 나의 욕망이 타자에게 전달되고 타자는 본인 것인지 남의 것인지 구분하지 못하고 체화하면서 진실로 자신의 것으로 받아들일 때 온전히 자기 자신에 대한 의미를 찾는다. 욕망은 원래 내 것인 적이 없었다. 처음부터 타자의 것이다.

당신과 나는 멀리 있어서
사랑한다고 말할 수 있었다.

이성애적 끌림

이성에게 반한다는 것을 무엇일까? 첫눈에 성적 이끌림을 느꼈다는 것이다. 성적 매력은 정신적인 감각과 육체적인 감각으로 나눌 수 있다. 성적으로 반한 정신은 그 사람을 강렬하게 소유하고 싶다는 욕망이고, 성적으로 반한 육체는 성행위의 욕구가 발생했다는 것을 의미한다. 신체 노출로 인해 정신이 아닌 육체적으로만 성적 어필이 된 경우는 균형감이 무너져 조화롭지 못하다. 또한 육체 관계가 빠진 강렬한 플라토닉 관계는 관계를 모호하게 만들어 아무것도 확실히 정의하지 못한다. 육체적 만족감이 존재해도 정서적 만족감이 부족하면 큰 결핍감을 자아내게 된다. 그럴 때는 '사랑한다'는 언어의 작용이 큰 역할을 한다. 여기서 '사랑한다'는 것의 의미는 다양하다. '만족스럽다' '너는 내 것이다.' '행복하다.' 이성애적 교류가 정신과 물질로서의 육체로 수행하다 보니, 상호간의 정신을 수립하기에는 담론이 큰 역할을 하는 셈이다.

　정신과 몸이 온전하게 사랑에 빠진다면 그 두 사람은 하나가 되었을까? 아니다. 그들은 가장 먼 거리에 위치해 있다. 성적인 이끌림이라고 하는 것은 반드시 타자에게서만 느낄 수 있는 것이다. 나와는 다른 것, 이질적이고 낯설고 차이점이 있는 대상이어야 한다. 나와 가깝고 친근하고 공통점이 있는 대상이 아니다. 가족과는 다른 낯선 상대에게서 이성애적 끌림이 발생한다. 이성애적 교감은 완전한 남과 가능하다. 말이 잘 통한다고 감정이 생기는 것이 아니다. 그러니까 성

적인 관계에 놓으면 사실 가장 심리적으로 먼 거리를
유지하는 관계라고 볼 수 있다. 평소 가깝게 지내는
이들이 연인으로 발전하지 못하는 경우가 그 예이다.
또한 친구였던 이들이 연인이 되는 것도 그들 사이에
어떤 먼 거리감, 차연을 발견했기 때문이다. 이성애적
감정은 서로의 편이 되어주면서 생기기보다 거세게
대립하면서 발생한다. '우리가 이렇게 다르다' '말이
안 통한다' '너는 매력이 있는데 너의 본질까지는 모
르겠다' '내가 가진 정반대의 것'들의 형이상학적 힘
으로 자연적인 애정의 굴레에 빠져드는 것이다.

그럼에도 사랑에 빠지면 누구보다도 대상과 가까
운 존재가 되었다고 생각한다. 성관계를 통해 몸을 섞
으면 마치 하나가 된 기분 마저 든다. 네가 나고, 내가
너라는 혼돈에 빠져서 상대방을 구속하고 억압한다.
너에게 나다운 것을 강요하고 너를 나처럼 움직이고
생각하게 만든다. 네가 이탈하는 것을 용납하지 못한

다. 사랑이 주는 속박은 즐겁고도 불쾌한 것이다. 속박이 주는 즐거움이란 뜨거운 관심이고, 불쾌감이란 사소한 자유의 박탈이다. 심리적으로 가장 멀리 떨어져 있는 사람은 가장 가까운 사람이라고 착각을 하니, 사랑이 집착이 되고 괴로움이 되고 때로는 폭력이 된다. 정신적 육체적으로 강한 성적 매력을 느끼는 순간은 이처럼 주체와 가장 이질적이고 낯선 존재인 타자 간에 가능한 것이다.

사랑은 유효기간이 있는 것처럼 이러한 뜨거운 교류도 한정적인 시간 내 주어지는 것이다. 이성애적 끌림이 점점 식고 정서적으로 친밀해지고 익숙해지면 강력한 성욕이 물러남과 동시에 심리적 거리가 좁혀진다. 상대방에 대한 이해의 폭이 넓어지고 서로 비슷해지며 말이 잘 통한다. 그러면서 점점 정말 상호 분신과도 같이 가까운 사이가 된다. 진정 가까운 사이는 이성애적 교감이라는 단계를 거쳐 이루어지는 것이

다. 그러나 이 관계는 영원하지 않을 수 있다. 언제든

새로운 이성에의 이끌림의 기회는 언제나 열려 있다.

정신적인 죽음

나는 살아 있다. 숨을 쉬고 있고 일상적인 생활을 살아가고 있다. 그런데 정신적으로는 죽은 적이 있다. 스스로 선택해서 정신적으로 죽은 적은 없다. 정확히는 타인에 의해서 정신적으로 죽은 적이 있다. 그 사람에게 나는 '없어진 사람' '죽은 사람' '시체화된 사람'이다. 그렇게 나는 '무의미화' 되어 사라진 사람이기에 그 사람은 나의 질문에 대답하지 않는다. 소통을 거부하고 존재감을 인정하지 않으며 모르는 척 하고 안 보이는 척 한다. 처음부터 모르는 사람처럼 외면한다. 나는 어떻게 정신적으로 죽은 사람이 된 것인가?

'정신적인 죽음'이란 '낙오'이다. 그것은 나와 가까웠던 사람들과 반목하고 불화하고 감정이 상하고 적이 되어 그 어떤 배려 없이 불이익을 주는 것이다. 그것은 비난의 방식이다. 한때는 그것이 사랑인 줄 알았지만, 그 실체는 악연이었다. 너무나도 냉정하게 내치고 버린다. 정신적인 죽음을 맞으면 어떻게 될까? 신뢰가 완전히 깨진다. 신뢰는 유리로 되어 있어 그 파편이 튀고 예리하다. 그동안 기대했던 것이 얼마나 큰 허상이었는지 깨닫는다. 그 어떤 의미도 찾지 못한다. 사람과 사람 사이의 감정의 세계가 얼마나 부조리한지 깨닫게 된다. 인연이 끝날 때 서로의 행복을 빌어주며 작별하는 것은 대단한 축복이다. 사람은 손에 쥔 것을 놓치는 걸 싫어하기에 아름다운 이별이라는 것은 상상 속에서나 가능하다. 신체적으로 죽지 않는한, 원래 인연이란 계속되어야 하는 것이다.

어쨌거나 그렇게 가혹해진 것에도 이유는 있을 것이다. 나 또한 미흡한 행동으로 상처를 주었을 것이다. 강제로 잊은 사람은 절대로 잊혀지는 사람이 아니다. 예전에 좌절된 사랑을 요구하는데, 다시 과거로 돌아갈 수 없는 한계와 이제 모든 것을 다 망쳐버렸다는 패배감으로 인해 사과와 용서도 통하지 않는다. 사람은 언제 가장 잔인해지는가. 상대방으로부터 사랑을 갈구하는데 기대에 차지 못하면 그렇지 않을까. 돌이키거나 큰 균열을 봉합할 기회도 없이 타인으로부터 냉정한 처벌이 주어졌다. 정말 가차 없이 자기 성질대로 '정신적인 죽음'이라는 처벌을 내릴 수 있다. 분노가 치미는 그 순간에는 아무것도 존중하지 않는다. '이제 너는 나한테는 죽은 사람이야.' 실컷 밟아놓고 없는 사람 취급을 했지만, 그것이 응당 정당하다고 생각하기에 가책하지 않는다.

죽은 자가 다시 살아나는 일, 그런 일은 있다. 기적

은 자기가 스스로 만드는 것이다. 가까운 사람으로부터 정서적인 폭력을 당하고 정신적인 죽음에 이르는 일이 있다. 가족답지 못하게 행동하고 친구라면서 괴롭히기나 하고 말과 행동이 다르고 뒤통수를 치는 일이 있다. 자꾸만 나를 힘들게 하면서 이 모든 것을 내 탓으로 돌리기도 한다. 폭력은 무기력한 사람 앞에서 더욱 몸집을 키운다. 그래서 도망이라도 치면 더 나쁜 사람으로 몰아간다. 사람은 혼자 살아갈 수 없지만, 함께 살아가야 해서 불행하기도 한다. 길거리에 사람이 하나도 없으면 그건 진짜 큰 일이지만, 나를 힘들게 하는 몇몇 사람과 멀어지는 건 현명한 선택이다. 올가미에서 벗어난 자유마저도 비난해서는 안 된다. 불행이라는 심연에서 깊은 우울에 허덕이고 자기 자신만을 탓하며 죽어버린 정신을 다시 찾지 못하는 경우가 있다. 삶의 의욕을 잃고 오히려 행복의 가치에 의문을 품는다.

타인에 대해 내린 주관적인 나만의 처벌은 유효한가. 사람은 자기 마음이 편하기 위해서 상대방의 편의를 봐주고 기회를 준다. 그런데 상대방이 변명할 기회조차 다 박탈했다는 것은 결국 자신의 마음도 편치 못한 것이다. 즉, 그러한 처벌로는 만족에 이를 수 없다는 것이다. 누군가에게 미소를 보였다는 것은 그 대상에게서도 미소를 보고 싶다는 뜻이다.

아무도 미안해하지 않는 정서적인 폭력에 휘말릴 필요가 없다. 누군가가 내린 정신적인 죽음을 받아들이고 스스로 시체가 될 필요가 없다. 올가미처럼 붙잡고 있는 인연의 끈을 자르고 털고 일어날 수 있다.

사람은 크게 정신적으로 죽을 수 있다. 가로막힌 길 앞에서 좌절하고 자신의 의미를 찾지 못할 수 있다. 그러한 좌절감은 때로 육신마저도 무의미화하여 자해에 이르게 한다. 폭력은 애정과 관심의 이름으로 행해진다. 그렇게 지배적으로 누군가는 나를 되찾고 싶어하기도 했을 것이다. 모든 복수는 다시 찾기 위해서 하는 것이다. 정신이 죽은 채로 누군가의 품으로 돌아간다고 한들 행복해질 수 있을까? 누군가의 지배를 받는다고 그것을 안락함이라고 생각해서는 안 된다. 당장은 평온할 수 있다. 타인을 식민화하면서 스스로 만족하는 고약한 부류가 있다. 남을 조종할 수 있으니 얼마나 재미있겠는가. 정신적으로 죽었다면 다시 태어나야 한다. 텅 빈 육신으로 나의 정신을 죽이고 도망친 이들을 쫓지 말고 이제 거울을 바라보라. 정신을 담는 그릇은 언어이다. 나의 담론은 내가 만들어가는 것이다. 읽고 쓰며 정신은 언제나 언제든 다시 태어날 수 있다. 나의 정신을 죽인 네가 깜짝 놀랄 만큼.

정치성과 권력

    소수의 사람들에서 다수로 확장되면 생기는 것이 정치성이다. 아주 작은 집단에서부터 정치성은 만들어지고 그에 따른 권력은 형성된다. 서로 뜻하는 바가 비슷하고 공감대가 있는 사람들끼리 결속력을 다진다. 문제는 생각이 다른 사람, 생각이 바뀐 사람과는 대립하게 된다는 것이다. 처음부터 결이 달라 가까워지지 않았다면 상관없지만, 처음에는 같은 편으로 함께 했다가 균열을 겪고 서로 등진 경우는 부정적인 감정이 생겨서 크게 반목하게 된다. 시대의 흐름이 변화하고 생각이 유연해야 하는데 기존 가치관으로 결속된 집단은 이러한 유동성에 취약하다. 그러다 보니 중요한 논점을 놓치고 도태될 수 있다.

정치성은 인생을 복잡한 구조로 만든다. 단조로움에서 탈피하여 흥미진진한 기승전결의 갈등구조를 만들어낸다. 이렇게 인생에는 스토리가 생기고 각각의 개인에게는 캐릭터가 생긴다. 사람들은 누군가의 본질보다도 그 사람의 표피적으로 드러난 캐릭터를 기억한다. 가치관, 지향점, 내적 욕망 등이 유사한 사람들끼리 어우러져 집단을 이룬다. 집단이 만들어낸 정체성에 자신을 대입하고, 그것이 주는 안정감과 만족감에 도취되기도 한다. 자연스럽게 서열이 생기고 어느 정도 집단이 완성이 되면, 기존의 사람들로만 유지하려고 하고 새로운 인물을 영입하는데는 소극적이다. 매우 조심스러우며 보수적이다. 정치성에서는 '믿을 만한 사람'이 가치가 있고 '언제든 돌변할 사람'

을 솎아내는 것이 중요하다.

정치성이 형성되면 일단 태도가 중요하다. 우호적인 태도와 적대적인 태도라는 이분화된 방법으로 선택지를 고를 수 있다. '차이'를 인정하지 않고 서로를 공동체로 묶을 수 있도록 일원화하려고 한다. 소소한 친구 관계부터 사내 직원들끼리 '정치'는 모든 곳에 있다. 이런 것이 호환멸을 느끼면 '청산에 살어리랏다' 식으로 혼자의 삶을 지향한다. 그렇게 아웃사이더가 되어 도태의 1순위가 되기도 한다.

권력의 정점은 존재한다. 어떤 라인을 타느냐에 따라 나의 캐릭터의 유지기간도 달라진다. 때로 라인을 잘못 타면 학창시절부터 대학 졸업 때까지 갈고 닦은 그 수행의 시간이 단 한번의 라인 오판으로 물거품이 될 수도 있다. 옳고 그름보다도 라인에 의한 의리가 더 중요하며, 정적을 주시하며 어떻게 대응할지 전략을 중시한다. 그 사람의 능력이나 됨됨이 보다도 그 사람이 집단에서 가진 위치를 보고 대우한다. 때로는 내가 틀릴 수 있고 정적이 맞을 수도 있는데, 그것은 인정하지 않으며 정적을 물리치는 것에 주력한다. 그러다 보면 신의를 가장한 선동이 비일비일해지고 그것을 소신으로 착각한다.

사랑에도 정치성은 있다. 짝 없는 두 남녀가 운명처럼 만나 사랑에 빠진다면 그것은 허구에 가깝다. 애인 있는 사람이 어느 날 다른 이성에게 반할 수 있고, 나의 애인을 나보다 더 능력 있고 멋있는 사람, 즉 나보다 더 권력 있는 사람이 가로챌 수 있다. 이성이 좋아하는 세속적인 요소도 권력의 일환이다. 여럿이 참여하는 미팅 자리에서 내가 마음에 드는 사람이 내가 아닌 다른 사람에게 눈길을 주는 것도 정치성이다. 누가 더 나은지, 누가 더 빼아난지 서로를 겨루며 끼리끼리 만난다는 것도 '정치성'의 결말이다. 그러한 합리적인 선택은, 후에 어떤 문제가 생겼을 때 함께 하기 보다는 피해가 없도록 발을 빼는 비정함을 함의하고 있다. 어려운 시기를 함께 하기는 불가능하다는 뜻이다.

학창 시절에만 친구고 사회 나가서는 더 이상 친구가 아니라고 할 때가 있다. 매일 보는 직장 동료도 퇴사하면 남이라고도 말한다. 대책 없이 퇴사하거나 사업에 실패했을 때 배우자는 떠나갈 수 있다. 모두 '정치성'에 의한 만남이기 때문이다. 사람은 누구나 자신의 위치에 만족하지 않는다. 어떤 위치라도 마찬가지다. 관계를 움직이는 권력이 힘이 약해지면 의미가 없어진다. 정치성이 무의미해지면 탈처럼 쓰고 있던 자신의 캐릭터를 벗어던질 수 있다.

사람은 '감정성'으로 만나야 한다. 정이 가서 만난 친구, 아파서 병원에 입원하면 그냥 아무것도 생각하지 말고 얼른 쾌유하라고 돈 좀 주고 싶은 친구, 회사 그만두고 어찌 사는지 소식이 궁금해지는 동료, 갑자기 몸이 아프게 된 배우자의 팔과 다리가 되어주고 싶어야 그것은 사람 사는 인생이다. '감정성'에서는 권력이 없다. 이기고 지는 것도 없고 누가 누구의 편이고 적인 것도 없다. 나와 결이 다르다고 배척할 이유도 없고, 나와 다른 사람을 신선한 새로움으로 받아들일 수 있게 된다. 마음 한 편으로 때를 기다리며 배신의 싹을 키우는 반전도 없다. 누가 더 나은지 서열을 다툴 일도 없다.

비본질과 다양성

문제를 풀고 답을 구하는 습관이 오래되다 보니, 꼭 어디에 정답이 있는 것 같은 착각이 든다. 틀린 것은 도태가 되니 정답을 구하려 애를 쓴다. 사실 단 한 가지가 정답이 될 수 없다. 수많은 경우의 수와 각기 다른 풀이과정으로 하나의 답을 낸다는 것은 처음부터 불가능한 것이었다. 진짜 정답은 따로 있는 오답으로 위장되어 있기도 하고 한 가지만이 정답이 아닌 여러 가지가 답이 될 수 있다. 생각지도 못한 일이 문제를 해결하는 열쇠로 작용하기도 한다. 시간성의 적용도

받는다. 때에 따라 참이 되기도 하고 거짓이 되기도 한다. 불합격이 운이 되기도 하고 합격이 불운이 되기도 한다. 좋은 일이 나쁜 일이 되고 나쁜 일이 현명한 일이 되는 전복의 반복이 바로 인생이다. 그 전복은 드라틱하게 조용하게 다가온다. 본질을 갈구하지만 찾을 수 없는 이유는 처음부터 본질은 어디에도 존재하지 않기 때문이다. 본질이라는 무거운 핵심은 사실 허구에 가까운 것이다. 본질이라는 것은 권력자의 거짓말과도 같은 것이다. 어떤 본질이 진짜로 있는 줄 알고 쫓아가봐야 시간 낭비고 사실은 아무것도 없음을 확인하는 결과만이 남는다. 따라서 본질을 찾아가겠다는 여정 자체가 잘못된 것이다.

이 세상은 사유의 세계이다. 매우 입체적이고 다채로운 흐름이 있으며 상상력까지도 적용이 된다. 집단적 사유에 의한 풍성한 의식은 결코 본질이라는 허구가 지배할 수 있는 영역이 아니다. 아무도 본 적 없는 본질은 '변하지 않는 것'으로 정의된다. 지구에는 외핵 안에 내핵이 있는데 그 내핵을 지구의 본질이라고 할 수 있을까? 접근할 수도 없고 볼 수 없는 소위 본질이라는 것이 지대한 영향력을 미칠까? 절대적인 것이 과연 존재할까? 지구의 수많은 생명체가 삶과 죽음을 순환하는 다양성을 관찰할 때다.

내가 진짜 원하는 것, 나의 꿈, 나의 잠재력, 내가 사랑하는 것을 나의 본질로 생각할 수 있다. 그것은 나의 가능성이지 나의 본질이 아니다. 원하는 것을 경험하고 실망할 수 있고 터무니없는 꿈을 갈망하다 정신 차릴 수 있고 잠재력과 상관없는 일에 평생을 헌신하면서 보람을 느낄 수 있으며 사랑이라고 믿었던 것에 허망함을 느낄 수도 있다. 처음부터 본질도 아니요, 본질이란 애초에 존재하지도 않기 때문에 실망할 필요도 없다. 인생이란 다양한 것으로 원하는 것은 계속 바뀌며, 꿈도 바뀌고, 잠재력도 바뀌고, 가치관도 바꾸고, 사랑도 바뀌는 것이다. 한결같아야 한다는 믿음 속으로 스스로의 흐름을 멈추고 '변하지 않음'을 고집하면 스스로의 다양성을 부정하는 것이 된다. 타인과의 소통을 통해 나의 부족함을 깨달을 수 있으나 내가 먼저 거울을 보고 나의 미흡함을 깨닫는다면 훨씬 더 효율적이다. '거울 보기'의 작업이 바로 나의 다양성을 활용하는 것이다. 나는 끊임없이 바뀌는 존재이다. 마지막으로 내린 결론이 가치관이고 정의다. 내가 한 말, 내가 쓴 글도 끊임없이 수정되는 것이다. 나만 그런 게 아니다. 세상 모든 것이 그렇다.

정답만을 고수하면서 다양한 상황에 대처할 수 없고 한계를 체감함과 동시에 포기를 한다. 본질이라는 허구를 신뢰하기 때문에 더 이상의 수용이 불가한 것이다. 개인의 경험이 대접받는 세상이다. 경험이 다가오면 적극적으로 응대해야 한다. 지금껏 내가 알고 있었던 것과는 전혀 다른 것일 수 있다. 다양성에 대처하기 위해 유연하고 유동성이 있어야 한다. 새로운 깨달음이 왔다고 이전의 생각이 틀린 것이 되는 것이 아니다. 서로 상충하더라도 공존하는 것이다. 그래야 쏠림없이 균형감을 유지한다. 경험은 수많은 다채로움을 수용하면서 자기에게 맞게 체화하는 변동 가능성이다.

우울의 정의

우울은 심연과도 같아서 한번 빠지면 스스로 헤어 나오기 어렵다. 그렇다고 해서 타인이 구조해줄 수 있는 것도 아니다. 그러니 우울에서 벗어나는 방법은 단한 가지, 심연이 사라지는 것이다. 물에 빠진 사람이 스스로 나올 수 없으면 물이 사라지면 되는 것이다. 늪, 칠흑 같은 심연이라는 세계가 사라지면 우울도 증발한다. 그러나 우울에서 벗어나는 방법이 없는 것은 아니다.

우울은 사랑과 긴밀히 연결되어 있다. 처음 사랑했

던 대상에 거절 당하고, 순리에 맞게 인연이 닿은 사람과 맺어진다. 처음 사랑했던 사람은 준비 없이 난데없이 발생했을 것이다. 이후 순리에 맞춰서 만난 사람은 계획적이고 준비된 상태에서 발생했을 것이다. 타협하며 이어진 사람은 마시기 좋은 차처럼 따뜻한 온도를 가지고 있다. 이에 순응하면서 살아가지만 무의식적 균열이 일어나고 현실과 타협해서 선택한 사람과 결별하면서 이 세상에는 '사랑이란 존재하지 않음'을 깨달으면서 우울이 형성된다. 본디 처음 사랑을 느꼈던 이의 존재 자체를 부정하여 그 존재 자체를 상실로 인식하면서 혼란을 겪는다. 사랑은 존재하지만 실감하지 못하는 상태. 더 이상 대상을 볼 수 없는 상태. 가장 중요하지만 완전히 지워버려서 더 이상 의식으로 소환하지 못하는 상태, 사랑 같은 건 소용없으며 부질없다고 여기는 단죄의 결론, 더 이상 새로운 대상을 찾으려고 하지 않고 누굴 사랑하는지 잊어버린 망각의 상태가 바로 우울이다.

우울은 자신의 의도가 관철되지 못하고, 실패를 통해 타협하면서 스스로 균열을 내고, 끊임없이 자기 자신을 속이면서 만들어지는 것이다. 세상의 잣대를 기준으로 스스로를 속이면서 얼마든지 행복을 느낄 수도 있다. 그것은 진짜 행복이 아닌 행복의 가면이다. 모든 사람들이 객관적으로 인정하는 행복의 가면. 초라한 사람도 그 가면을 쓰면 어깨에 힘 들어간다. 그 속에서 남의 눈을 의식하며 어느 정도 평타의 삶을 영위할 수도 있다. 행복의 가면이 벗겨질 때마다 악몽을 꿀 수도 있다. 중요한 건 우울은 타협으로 선택한 이와 결별함으로써 윤곽을 드러낸다. 귀중하고 소중한 것들이 무의미화되면서 깊은 심연이 만들어진다.

우울이 나쁜 것일까? 우울에는 반드시 부정성만 있는 것이 아니다. 실패와 좌절이 만연한 현실에서 우울은 솔직하게 찾아오는 감정이다. 검고 어두운 심연을 얕고 투명하게 만드는 방법은 스스로에 대한 내적 탐구다. 그러려면 자기 자신에게 솔직해야 한다. 거울을 보지 않고도 자신을 바라볼 수 있어야 한다. 사실 유리창이나 머그컵의 표면처럼 반사할 수 있는 표면을 가진 사물들은 나를 별빛처럼 비추고 있다. 그런 것들은 나를 수동적으로 담고 있다. 완전히 지워버린 것을 다시 상기하는 것은 쉬운 작업이 아니다. 아무리 생각해도 생각나지 않을 수 있다.

삭제된 것, 지워진 것, 버린 것이 고통을 만들어낸다. 타인에게 말로도 꺼낼 수 없을 정도로 완전히 지워진 것. 마음의 통증을 일으키는 이유는 그것이 존재감인 것이다. 내가 의식적으로 그것의 부피감, 색깔, 향기 등을 다 지워버렸다. 그래서 아무것도 남지 못하고 없는 것처럼 투명해진 것이다. 그 무색무취의 형상에 페인트를 부으면 아마도 윤곽이 드러나리라.

어느 날 나를 둘러싼 검은 심연이 너무나도 깊고 질

척거리던 심연이 안개처럼 걷히고 내가 뽀송뽀송해

질 정도로 증발되는 경험을 할 수 있다. 내가 발버둥

치지 않아도 우울은 사라진다. 그것은 바로 내가 지

워버린 것을 되찾을 때다. 우울은 이러한 재회를 위해

서 존재하는 것이다.

성공은 실패의 얼굴을 하고 있고
실패는 성공의 얼굴을 하고 있다.

이분법적 사고의 교차

이 세상에는 정반대의 기질을 가진 것들이 서로 혼재되어 있다. 그것은 서로 대립된 것이 아니라 음양의 조화를 이루는 자연스러운 것이다. 오히려 어느 한 쪽으로 치우친 것이 어색한 것이다. 그만큼 모든 것들이 각자의 모습과 속성으로 존재하는 데에는 그만한 이유가 있다.

이분법은 서로 성질이 다른 것을 구분 지을 수 있는 원초적인 기준이 된다. 가령 인간을 분류하는 가장 기본적인 기준은 남성과 여성이다. 이 구분을 통해서 공중화장실과 공중목욕탕을 따로 사용한다. 화장실과 목욕탕은 우리 삶에 꼭 필요한 곳인데, 성적인 장소성을 가진 공간이다. 옷 속에 감추어둔 생식기가 노출되기 때문이다. 벗은 몸은 동성이라면 낯선 타인에게도 여과 없이 보일 수 있으나 이성에게는 불가하다. 만일 이 구분이 없다면 어떨까? 질서가 무너지고 각종 범죄가 난무할 수 있다. 인간에게는 본능이라는 동물성이 있어서 자신의 의지와는 다르게 행동할 수 있다. '시각적인 충격'은 성적인 에너지를 불러오고 욕정을 극대화한다. 물리적으로 여성은 힘이 약하기 때문에 결국 성적 사건에서 여성이 피해자가 될 확률이 높다. 심지어 여자만 출입할 수 있는 여자 화장실에 비상벨이 설치되어 있을 정도다. 그렇기에 기준을 만들어서 본능을 제어하고 질서를 유지하는 것이다. 화장실과 목욕탕에 여성과 남성이라는 이분법적 기준을 세워

놓은 것에는 사고를 예방하고 모든 사람들이 본래 목적에 맞게 편하게 이용하기 위해서인 것이다.

여성과 남성의 성적 욕망도 다르다. 여성이 남성을 성폭행하는 것은 극히 드문 일이지만, 남성이 여성을 성폭행하는 사건은 역사적이다. 남성과 여성 중 어느 쪽에 더 강한 성적 에너지를 가지고 있는지는 말할 필요도 없다. 욕망이란 사랑이라는 감정을 넘어서는 것이다. 남자가 여자보다 힘이 세고 신체적으로도 강한 것에도 이유가 있다. 연약하고 섬세한 존재와 힘이 세고 무던한 존재는 서로 병치되어 존재하는 것이다.

여자들끼리 있을 때도 어느 한 여자가 노출이 심한 옷을 입고 남성 앞에 서면, 처음 보는 남자라도 그가 어떤 생각을 할지 알기 때문에 수군거린다. 헐벗은 옷을 입는 건 그 여자의 자유이지만, 그것은 바라보는 시선은 자유롭지 않다. 노출이 심해 몸의 일부를 많이 보여줄수록 정서적 교류 없이도 그 대상과 친밀함을 느끼기도 한다. 그만큼 선정성이란 지대란 영향력을 끼친다. 남자는 여성과 다르게 발기를 하는 존재이기 때문에 그 신체적 특징으로 인해 자신의 마음을 알아차리기가 쉽다. 당연히 남자에게도 사랑이 있다. 남자에게 있어 '그 여자를 좋아하는가', '그 여자를 사랑하는가'에 대한 고민은 어렵지가 않다. 남자는 마음에 든 여자가 있으면 혼자 발기를 하고, 자위를 할 때도 그 여자를 생각하고, 만일 애인이나 배우자가 있어 파트너와 성적 행위를 할 때도 마음에 든 여자를 생각하면서 성행위를 한다. 그러므로 남자는 자신이 누굴 좋아하는지 아주 잘 알 수 있다. 여자는 그런 존재가 아니라서 자신을 안락하게 보살펴줄 경제력 있는 남자를 선호하고 조건을 찾아 짝을 정한다.

따라서 여성과 남성이란 경계는 해체될 수 없다. 이분법적 사고는 모든 사고의 바탕이며 근원이다. 무수히 많은 반의관계를 이루는 존재들이 있다. 남성과 여성으로 이분화하여 사고를 펼치면, 남성다움과 여성다움이라는 관념이 생겨난다. 남자에게는 남자다움을, 여자에게는 여자다움을 강요한다. 남자에게 남자답지 못한 것을 허용하지 않고 여자에게 여자답지 못한 것을 허용하지 않는다. 그런데 남자다운 여자가 있고, 여성스러운 남자가 있다. 모든 사람에게는 남성성과 여성성이 동시에 존재하기 때문이다. 겉으로 표출되지 않아 드러나지 않는 경우도 있는데 이 경우는 아주 사소한 생활 습관으로도 나타난다고 보면 된다. 남자의 여성성과 여성의 남성성은 어떻게든 드러난다. 가령 여자보다 더 꼼꼼한 남자, 남자보다 더 화통한 여자 말이다.

　이분법적 사고는 무엇이든 2가지로 나누는 거침없는 생각이다. 좋은 것과 나쁜 것, 성공과 실패, 맛있는 것과 맛없는 것, 아름다운 것과 그렇지 않은 것, 착한 것과 못된 것, 진정성과 부정성, 승리와 패배. 항상 답은 정해져 있다. 무엇을 선택해야 할지 이미 자명하다. 삶에 유익한 것은 선택하게 되어 있다. 선택 받는 것과 그렇지 못한 것. 그럼 이것은 정답인가?

그러나 다양성과 혼종이 번성한 시대다. 살다 보면 좋은 것이 나쁜 것이 되고 성공인 줄 알았더니 알고 보니 실패이고 착한 줄 알았더니 뒤통수였던 일이 있다. 가령 성공이 음의 속성을 지녔고 실패가 양의 속성을 지닌 것이다. 성공을 가장한 실패가 얼마나 많은가. 단순한 논리로 선택한 결정으로 인해 많은 것이 달라진다. 모든 것은 겉과 속이 달라, 언제나 본질적 속성은 따로 있어 시간이 지나야 그 실체가 드러난다. 결국 이분화의 해체다. 명시적 이분화는 사실 많은 것을 속이고 있는 셈이다.

인생이란 이런 곳에 있다. 좋은 것과 나쁜 것의 어느 사이, 성공과 실패의 어느 중간 지점에 있는 것이다. 승리와 패배를 모두 합쳐 인생이라 부를 수 있는 것이다. 좀 더 나은 것을 선택하는 것이 습관화되었는데 왜 인생은 성공보다 실패가 더 많은 걸까? 좋은 것과 나쁜 것은 사실 위장되어 있기 때문이다. 액면 그대로 너무 단순해서 비판받는 이분법적 사고는 이러한 통합적 사고의 기준을 제시한다.

개별적이고 철학적인 의미의 젠더

성별은 생물학적 의미의 섹스와 사회문화적 의미의 젠더로 구분된다. 신체적으로 표상된 남자의 구분은 섹스이고 젠더는 관념으로 존재하는 구별점이다. 보통 뜻을 '기의'라고 하면 뜻을 이루는 물질을 '기표'라고 한다. 기표가 남성이라도 기의는 여성일 수 있다는 뜻이다. 기표와 기의 중 어느 것이 본질에 가까운가?

성전환을 통해 성별을 바꿀 수 있을 지는 몰라도 남자가 아이를 임신하고 출산하는 것은 결코 불가능하다. 염색체를 변경할 수 없다. 인위적으로 만들어진 신체 부위에 아우라가 있는지도 의문이다. 그러므로 남녀의 구별은 생각이나 관념만으로 그 경계가 허물어질 수 없다. 결이 같은 젠더를 가졌다고 해도 한 사람이 생물학적인 남성이고 다른 사람이 여성이라면 남남끼리의 관계라면 벗은 몸을 노출하는 목욕탕을 함께 사용할 수 없는 것이다.

젠더를 '철학적인' 개념으로 사유한다. 여기서 말하는 '철학적인' 것의 의미는 전체를 포괄하는 개별적인 의미를 말한다. 개인화된 철학적인 의미로서의 섹스가 젠더라고 정의하는 것이다.

생각만으로 물질을 바꿀 수 있는가? 가령 반짝이는 숟가락이 있다고 치자. 따뜻한 물에 깔끔하게 씻어서 물기를 제거한 숟가락이 관념으로 순은과 같다고 생각을 한다. 단지 그 생각만으로 그냥 일반 숟가락이 순은 숟가락이 될 수 있는가? 개별화된 철학적 사유로는 얼마든지 가능하다. 상상적인 철학을 발휘하여 많은 의미부여가 가능하다. 여러 반찬을 담고 밥을 담고 음식을 몸으로 전하는 매개의 숟가락에 분명 많은 의미를 부여할 수 있다. 그 숟가락은 나만 사용한 게 아니다. 가족이나 다른 사람이 사용한 숟가락일 수 있다. 깨끗이 세척되어 늘 새것처럼 느껴지지만 사실 많은 사람들의 입속을 드나들던 매개체이다. 숟가락은 그동안의 이력을 저장하지 않는다. 철학적인 사유로 숟가락의 정체성을 사유할 수 있지만, 결국은 그저 숟가락일 뿐이다.

철학적인 것은 정신적인 것이다. 정신만이 가진 고유 가치가 있어 많은 것을 이룩할 수 있다. 불가능한 것을 가능하게 만들고 그것이 주는 힘이 존재한다. 정신은 미래를 바꿀 수 있지만 이미 존재한 물질을 전혀 다른 것으로 바꾸지 못한다. 쇠숟가락은 순은이 될 수 없고 쇠일 뿐이다. 아무리 정신적인 노력을 한다고 해도 순은이 되는 상상한 즐거울 수 있어도 연금술은 존재하지 않는다.

사물은 의미를 가질 수 있다. 누군가로부터 받은 선물이나 유품 등이 그러하다. 그 사물이 가진 물질 이상의 의미가 존재한다. 때로 중고 물품을 거래할 때도 사연 있는 물건인 듯하여 꺼려질 때도 있다. 유품의 경우 이제는 육체를 상실한 고인과 관계되므로 사라진 육신을 대신하는 것일 수도 있다. 이처럼 사연은 정신적인 것이 되어 물질에 깃들 수 있다. 사연은 물질의 정체성이 된다. 늘 끼고 있던 반지, 겨울이면 입던 점퍼도 신체의 일부분처럼 상징화될 수 있다.

그러나 정신은 유동적인 것이다. 사물에 깃든 의미는 언제든 수정이 가능하다. 물질은 그 형태가 형식적이고 노화에 노출되어 천천히 변형되면서 소멸해간다. 그러나 정신에는 변심과 변덕, 태세 전환이라는 복병이 있다. 정신은 변형의 여지가 상당하다. 그것이 바로 정신이 가진 힘이요, 한계이다. 정신적이고 철학적인 의미의 젠더 역시도 언제나 변신할 가능성이 있다. 모든 것의 기준은 사실 사랑이다. 우리는 모두 사랑을 꿈꾸고 사랑하는 사람 앞에서 멋진 이성으로 거듭나고 싶다. 그것이 본질이다. 그렇기에 모든 것은 제자리로, 원위치로 가게 된다. 자신의 본질과 달리 살아가는 삶이 고행이지, 자기답게 자기가 원하는 대로 사는 인생은 행복이다.

잉여는 없다

경쟁사회에서 도태되어 자기 자리를 못 찾는 일이 있다. 동성의 경쟁자들에게 밀려 짝을 찾지 못하거나 경쟁자들에게 치여서 직장을 구하지 못하는 일, 어렵게 취직해서도 등쌀에 시달리다 이직하길 반복하는 일. 그런 일은 흔하다. 내가 열심히 한 것을 인정받지 못하고 서툰 것만 지적당하는 인색한 세상 인심 속에서 인간미를 느끼는 것도 쉽지 않다. 안정되지 못하고 불안함을 이고 살아가며 나보다 잘난 사람들과 비교

하며 스스로를 '잉여'라고 생각하면서 자존감을 잃는 일이 있다. 타인의 인정이 부족하다 보니, 내가 나를 인정하는 기회조차 박탈된다.

인생은 시행착오의 연속이다. 모든 사람에게는 인생의 질곡이 있다. 피해가는 방법은 없고 부딪히는 수밖에 없다. 왜 잉여가 될까? 필요한 사람의 수는 정해져 있는데 그것을 넘어서서 그럴까? 세상의 중심에서 밀려나는 느낌은 패배감처럼 다가오지만 그것은 착각이다.

오히려 인생에서 가장 필요한 것이 패배감이다. 패배감이 운명이라면 그것에 대처하는 것이 인간의 의지이다. 패배감이 주어지면 다음 번에는 오기다. 절대로 질투가 아니다. 열등감으로 천착하기 전에 부족함을 인정하고 다시 한번 스스로를 재점검하는 것이다. 원하는 것을 손에 넣지 못할 수도 있다. 내가 선택받지 못할 수 있다. 다만 나와 맞지 않은 것에 도전해서 패배를 해놓고 실패라고 단정짓는 것은 섣부른 일이다.

잉여는 존재하지 않는다. 시원하게 승복할 줄 알면 지난 날은 중요하지 않다. 합격보다 불합격이 더 좋은 날이 반드시 온다. 그러니 혼자서 속앓이를 할 필요가 없다. 어느 날 성공은 조용히 찾아온다. 성공이 허무에 이르지 않게 또 다른 목표를 세워 가는 것이다. 그러니 실패든 성공이든 이후의 행보는 같은 것이다. 기죽지 말고 포기하지 않고 문을 두드리면 된다.

나르시시즘의 시간

언젠가 인생에서 큰 풍파를 겪고 심리적으로 빈곤해진 나는 혼자가 되겠다고 다짐했다. 이전에는 애착을 가졌던 누군가와 헤어지면 그 사람이 남긴 빈자리를 참을 수 없었다. 그래서 다른 사람으로 채우려고 했었고 그렇게 그 공백이 채워지면 안정되곤 했다. 사람은 새로운 사람으로 잊혀지고 그렇게 추억화되었다. 진심은 나중에 나타나는 것으로, 그때 그 시절의 감정은 사실 진위 여부가 확실하지 않은 모호한 것이다. 나중에 생각했을 때 아름답고, 나중에 생각했을 때 보듬을 수 있어야 그 시절의 감정이 정직함을 깨닫게 되었다. 누군가를 정서적으로 떠나보내면서 생긴 공백은 나를 참 힘들게 했다. 새로운 사람을 만날 기회가 많았고 이내 새로운 사람들을 만나면서 센티멘털한 나의 감정은 정리가 되었다. 그래도 그것은 아주 작은 공백일 때 가능한 것이었다. 하지만 사람을 만나고 또 만나면서 나는 조금씩 성숙해져 갔고 그러한 만족감이 인생이 되어 충만함을 느끼곤 했다. 내가 만난 사람들의 흔적도 내 자신이 만드는 것이었고 타인은 그렇게 내 자신의 일부로 체화하면서 나는 성장해나간 것이다. 그러니 사랑이란 거대한 인풋의 힘이겠다. 여기서 말하는 사랑은 단순히 남녀간의 사랑이 아닌 모든 인간관계에서의 사랑을 의미한다.

그러던 어느 날, 나는 생각지도 못한 무리수를 만났다. 너무나도 냉정한 사람을 만나 혼쭐이 난 것이다.

그 시절 내가 느낀 참담함은 이루 말할 수 없었다. 나에게 큰 정신적 상흔을 남긴 그 사람이 남긴 공백을 보면서 나는 이전과 매우 달라졌다. 겉으로는 멀쩡했지만 속으로는 그렇지 못했다. 충격이 무의식이 가장 깊은 심연까지 뒤흔들어 놓았다. 그를 극복하기 위해 나는 더 이상 그 누구도 가까이 하지 않았다. 그 사람의 빈자리를 다른 사람으로 채우려고 하지 않았다. 그냥 영원한 공석으로 두었다. 사람을 통해서 의미를 찾으려고 하지 않았다. 철저히 혼자가 되길 원했다. 혼자서 해내고 누구에게도 의지하지 않았다. 친했던 친구와도 데면데면해지고 사람들과 전반적으로 멀어졌다. 그러면서 나는 오직 나 자신 하나에게만 집중했다. 내가 나를 위한 일, 나를 사랑하는 일, 나를 향상시키는 생산적인 일에만 몰두를 했다. 그러다 보니 결과물도 상당했다. 나를 위한 일이 아니면 관심조차 주지 않았다. 쓸데없는 일에 에너지를 쏟지 않고 타인에 대한 관심을 상당히 줄였다. 이렇게 나 자신의 능력만 개발하는 방향으로 시간을 쏟고 노력을 하다 보니, 매우 나 스스로에게는 유의미한 시간이 되었다. 나를 위한 노력의 절대적인 수혜자가 나인 셈이다. 하지만 이 모든 것은 내가 받은 충격의 징후인 셈이었다.

나에게 큰 상처를 주고 내 인생에 큰 전환점을 일으킨 그 사람이 유해하기만 했던 것은 아니었다. 사실 나는 아주 오래전부터 '마음의 고통'이라는 것을 달고 살았다. 이것은 내가 예술가가 된 큰 이유가 되었다. 그것은 엄밀히 멜랑콜리아에 가까운 것이었는데 무의식에 기반한 거라서 달리 해결 방법이 없었다. 그건 의지로 불수의근을 움직이려는 것과 같다. 나는 그가 남긴 큰 공백의 상흔을 바탕으로 나 자신에게만 집중하는 시간을 갖다 보니, 진정 행복에 이르는 길을 깨닫게 되었고 그러면서 나를 오랫동안 괴롭히던 마음의 고통인 멜랑콜리아가 사라지는 것을 경험하게 되었다. 아마도 그가 아니었으면 불가능했을 것이다.

사람은 사람의 뒷모습을 사랑할 수 없다. 나를 바라보는 사람, 나를 향해 웃어보이는 사람을 사랑할 수 있다. 다시 내 마음을 들여다보았을 때 그곳에는 어떤 공백도 없음을 느꼈다. 비존재의 공백. 그러면서 나는 나 자신이 다른 사람들의 마음에 공백을 남겼음을 뒤늦게 깨닫게 되었다. 내가 혼자 고통에 빠져서 오직 나 하나만 사랑하는 나르시시즘에 빠져 있는 동안, 나는 다른 사람의 삶 속에서도 이탈하게 되었다. 그렇게 나를 소중히 여기던 사람들에게 크고 작은 공백을 남긴 것이다. 그들은 나의 빈자리를 어떻게 메웠는지 모르겠다. 내가 사라졌으니 나의 그림자가 누군가의 무의식에 드리워졌을 것이다. 정신적인 상실이 얼마나 애처로운 감정인지, 나는 뒤늦게 크게 후회하였다. 그리고 나를 그리워하는 사람들이 나에게 가지고 있는 섭섭함과 분노, 미움, 그리고 이해심을 비로소 응시할 수 있게 되었다.

그 누구도 인연의 끊어짐은 원치 않는다. 아주 가끔이라도 말을 걸 수 있는 친분을 원한다. 오직 나 하나만 생각하며 나를 위한 일에만 골몰하던 시간에서 이제 타인을 바라볼 수 있는 여유가 생겼다. 나를 소중한 사람으로 여긴 이들은, 내가 만든 그 빈자리를 다른 대체물로 채우지 않았다. 정말 나를 기다려주는 사람들이 많았다. 타인에게 내가 남긴 공백은 다시 내가 채우는 것이다.

이데올로기의 해체

강력한 이데올로기 안에서 자유로운 생각은 가능할까? 현실적으로 어렵다. 나 홀로 아무리 자유롭게 생각한다고 해도 다른 사람들이 그렇게 생각하지 않으면 어렵다. 예를 들면 남성 중심 이데올로기, 순결 이데올로기 같은 것 말이다. 한때 남아선호사상은 대단했다. 딸 가진 죄인이 되기도 했고 아들을 낳았을 때만 제대로 된 인정을 받기도 했다. 또한 강제로 한 스킨십 때문에 결혼을 하거나 첩이 되기도 했다.

이데올로기는 집단 고정관념 같은 것이다. 암묵적으로 모두 따르고 지키는 거대한 정신. 그러한 정신이 완성되는 데는 필연적인 과정이 따랐을 것이다. 이데올로기의 자장 안에서 이탈하지 않고 일탈하지 않고 살아야 무탈하다. 하지만 이데올로기가 강하면 횡포가 된다. 이데올로기는 중립적이지 않고 강자의 편이기 때문이다. 희생당하고 핍박 받고 억압받는 이들이 생겨나게 된다. 반대로 이데올로기가 느슨해지고 무화되면 창의력이 올라가고 다양성이 인정받는다.

이데올로기는 왜 존재하는가. 그것은 질서 같은 것이다. 어긋남이 없이 질서 정연한 것은 깔끔하다. 집단 군중에서 누군가 속을 알 수 없는 행동을 하면 불안해진다. 반면 사람들이 거의 다 비슷비슷한 생각으로 살아가면 안정감이 있다. 왜냐하면 그 사람의 행동과 말을 예측할 수 있고 통제가 용이하기 때문이다.

이데올로기는 강한 것들의 편이다. 강자에게 힘을 실어주시는 식으로 구성이 된다. 그러니 약자에게는 소외로 작용된다. 약자에게는 패배감과 무조건적 수용을 요구한다. 이처럼 이데올로기는 권력과 큰 연관성을 가지게 되는 것이다. 그러다가 의식 수준의 향상으로 약자에게 힘이 실어지는 날이 오면, 소위 수혜를 받고 있던 계층이 잉여화 되는 날이 오면, 그동안 올가미처럼 드리워졌던 이데올로기의 힘이 비로소 약해진다. 생각이 유연해지고 개방적으로 자유롭게 생각할 수 있게 된다.

편향된 이데올로기 안에서 차별 대우를 참아내고, 이혼하지 못하고, 폭력에도 맞은 사람이 반성하는 일은 참 많았다. 이데올로기 앞에서는 개인의 현명한 판단이 먹히지 않는다. 승리와 패배가 명백히 이분화되던 시기에는 이데올로기의 영향력이 막강했으나 점점 승패의 기준이 모호해질수록 이데올로기도 해체

되기 시작했다. 가령 '지는 것이 이기는 것이다'가 실현된 것이다. 이데올로기 해체의 원동력은 강자의 무력함이 아니라 약자의 깨우침에 있다. 생각보다 많은 경우 스스로 강자인지 약자인지 모르고 산다. 가령 남성 중심의 사회에 아첨하며 기생하는 여성은 스스로 강자라고 생각할 수 있다. 이데올로기 해체는 약자가 스스로 약자임을 명징하게 정체화하고 보다 나은 삶을 추구하기 위한 노력을 해야 가능하다.

살아가면서 질문한다. 무엇이 옳고 그른가. 명백히 이분화하여 답할 수 없다. 옳은 줄 알았는데 그른 게 있고 틀린 줄 알았는데 옳은 게 있다. 옳고 그름의 양면성을 모두 가진 것도 있다. 차별 대우에 소신 있는 선택을 하고, 당차게 이혼하고, 억지에 의한 스킨 십에도 순결을 잃었다고 좌절하지 않고 당당하고, 폭력에 대항하는 제스처도 다양성이 존중되면서 가능해졌다. 약자가 스스로 약자의 삶을 수용하지 않으면 강자도 자신의 위치를 유지하지 못한다. 이데올로기가 만들어낸 질서도 사실은 많은 부조리를 품고 있는 신기루에 불과한 것이다.

언어적인 것

정신적인 것은 언어를 거쳐야 존재감을 확립한다. 언어가 없이는 그 실체를 파악하기가 어렵다. 언어로서 존재하는 것, 그것이 바로 정신이다. 언어라는 것이 특별한 것이 아니고 우리가 쓰는 말과 글을 뜻한다. 말로서 소통하고 글로서 독해한다. 심지어 혼잣말도 스스로와 대화하는 방법론이 될 수 있다. 그것이 언어적인 것이다.

사람들의 꿈과 가치는 대체로 일정하지만, 개개인

의 삶에서는 정해진 것 없이 살아가는 인생이다. 그럼에도 이 세상에는 운명이 있다. 운명에 거스르는 것은 이루어지지 않고 순응해야 순탄하게 살 수 있다. 누군가가 제시하는 방향을 맹목적으로 따르며, 자기 자신의 대한 생각없이 살아간다면 간단 명료하고 고뇌를 줄일 수 있겠으나 이제는 그러한 편리한 사고가 불가능하다. 틀린 게 맞고, 맞는 게 틀린 게 되는 입체적이고 복잡다단한 세상에서 변하지 않는 나만의 가치를 가지고 산다는 것은 어쩌면 모순적이며 이해하기 어려운 일이기도 하다. 그래서 '자기 생각'이 중요한 시대다. 나에게는 맞는 일이 너에게는 틀린 일이 되는 일이 흔하다. 그러니 의견의 합치를 이루는 건 이상적인 것에 불과하고 각자 개별적인 자율성을 인정하는 수밖에 없다. 나보다 나은 사람인 것 같아서, 타인의 생각을 암기해서 나의 삶에 적용하면 안 된다. 그 사람이 왜 그렇게 생각하는지 들여다보고 그 사람의 마음을 읽는 것이 중요하다. 나의 결이 맞는 방향성을 찾고 심화 확장하는 방향으로 나아가야 한다. 그렇게 깊이감은 만들어진다. 그래도 사람이 근본적으로 양심을 지키고 나와 타인을 사랑하면서 살아간다는 가치관은 어떤 세상에 살더라도 똑같은 게 아닐까 싶다.

정신이 언어화되지 못하면 모호한 형용사 덩어리에 불과하다. 사랑이 느껴지고 그 사랑이 때로는 집착으로 변하는 것마저 감각할 수 있어도 그것이 명확히 '사랑'이라고 언표화하지 않으면 그 정신은 사랑일 수도 있고 아닐 수도 있고 넌지시 사랑으로 추측되는 불완전한 것으로 존재한다. 하지만 '사랑한다'는 분명한 발화가 일어나면 그 모호한 정신은 사랑으로 구체화된다. 언어라는 것이 이토록 위대하다. 사랑이라는 건 놀랍게도 내가 타인에게 말할 수 있는 것이기도 하지만, 타인이 나의 고백을 듣고 본인도 나를 사랑했음을 깨닫는 정신의 반향을 불러일으키는 것이기도 하다.

언어는 이처럼 자아와 타자 사이를 역동적으로 움직이며 상호작용을 이끌어내는 매개이며 원초적인 감정을 끌어올리는 발화점이기도 하다. 언어의 수행 없이 감정이라는 게 생길 수 있을지 의문이다. 언어의 구사가 잘 되면 호감을 받고 그렇지 못할 경우 비호감이 된다. 감정이라는 게 한번 생기면 돌이킬 수 없는 것이다. 그러니 말 한마디 할 때도 글 한줄 쓸 때도 고민이 되는 것이다.

지금 어떤 말을 하려는데 그 말에 확신이 없을 수 있다. 뒷감당이 안 되어서, 책임지기 싫어서, 빠져나올 구멍을 만들어놓기 위해서, 분명히 말하는 것을 슬그머니 피하며 애매하게 표현하는 일이 있다. 돌리고, 또 돌려서 이렇게도 해석할 수 있고 저렇게도 해석할 수 있는 명확하지 않은 말. 좋게 생각하면 좋은 말, 싫게 생각하면 싫은 말이다. 완전히 언어화되지 못한 정신은 완전히 타인에게 닿지 못한다. 즉, 전달력이 떨어지는 것이다. 또한 정신이 충만하지 못한 채 허위로 만들어진 언어는 후폭풍을 부른다. 언어에는 본질적인 정신으로 가득 차 있어야 한다.

정신적인 것들은 처음과 끝을 상정할 수 없을 정도로 넓고 크다. 따라서 성신적인 것을 품고 있는 언어는 삶에 지대한 영향을 끼친다. 누군가의 삶을 기분 좋게 하고 또한 삶의 의미와 가치를 더하는 행복한 매개가 된다. 그만큼 누군가를 절망하게 하고 무가치와 무의미한 부정성으로 빠트리는 작용을 하기도 한다.

모든 언어적인 것들은 정신이 담겨 있고, 그러니까 말과 글은 아름답고 위대한 것이다.

리비도와 이성애적 감정

사람과 사람이 만나 감정이 만들어진다. 그건 자연스럽다. 어떤 이들은 서로 만나도 별일이 없고, 어떤 이들이 격렬하게 반응하고, 어떤 이들은 심하게 부딪힌다. 어떤 사람을 만나 어떤 조합을 이루며 살아가야 할지 막연하면서도 나와 결이 맞지 않는 사람과 만나 고통 받을 때면 인간관계에 회의를 느끼고 차라리 혼자가 되길 욕망하기도 한다.

세상에는 남자 아니면 여자가 있으니, 남녀가 만나

는 일은 아주 흔하다. 가장 특별한 순간은 성적 매력을 느끼는 순간이다. 강한 이끌림이 작용되고 격정적인 감정이 수반된다. 이러한 순간은 희소한 순간이며 특별한 사건이다. 남녀 간 오랜 시간 함께 시간을 보내도 섹슈얼리티가 발현되지 않는 경우가 있다. 오랜 친구 사이가 그렇다. 상호 리비도가 필요하지 않기 때문이다. 그런 반면 나이 차이가 많이 나고 전혀 어울리는 사이가 있는데도 강한 성적 매력을 느끼는 경우가 있다. 다른 사람들이 보기에 황당한 조합인데도 당사자끼리는 뜨겁다. 사랑의 본질은 장벽이 없는 것이다. 남들이 뭐라고 하건 개의치 않고 아무도 못 말린다. 어떤 사람을 보고 어떤 매력을 느끼며 어떤 의미가 될지는 예측을 할 수 없다. 이상형이라는 카테고리도 무의미하다.

이성애적 감정이 싹트면 고뇌의 시간이 주어진다. 이전과 같은 마음으로는 살아갈 수가 없다. 연인으로 발전을 하면 좋겠지만, 그렇지 못한 경우가 그렇다.

성적인 의미에서 사랑에 빠진다는 것은 무엇일까? 적어도 상대방으로부터 자신의 리비도를 실현해야만 고뇌가 해소되는 것이다. 리비도가 없는 성적 관계는 불완전하고 폭력성을 지니게 된다. 가령 연인 관계가 해소된 뒤에 상대방의 행복을 빌어주는 것도 상대로부터 리비도가 실현되어야 그런 성숙함이 발현되는 것이다.

사랑이라는 것은 무엇일까? 사랑은 나 자신의 일부분을 대상에게 우겨넣는 것이다. 사람은 언제나 자기 자신만을 위해서 살아간다. 내가 아프지 않고 내가 다치지 않고 나에게 조금이라도 도움이 되는 것을 선택한다. 이것은 내게 사랑하는 사람이 없을 때다. 하지만 애착 대상이 생겼을 때는 달라진다. 너무나도 소중한 나 자신의 일부를 그 대상에게 집어넣는다. 대상은 거부할 권한이 없다. 그 대상이 거절하거나 시야에서 사라진다면 어떻게 될까? 대상이 거절을 해도 나는 사랑하고 있기 때문에 계속 내 자신의 일부를 대상에게 투여를 한다. 사라진 대상에게 거의 모든 내 전부를 투여하고 나면, 그렇게 자기 자신을 상실하게 된다. 이때 사랑은 집착이 되고 미움이 된다. 없어진 대상에 내 자신을 모두 집어넣고 나면 나 자신에게는 무엇이 남는가? 나 자신은 텅 비게 되는 것이다. 대상에게 나를 모두 쏟아붓고 나 자신은 테두리만 간신히 남아 형태만 유지하는 것. 내가 나를 잃어가는 것. 그것이 사랑이다. 사람은 왜 사랑에 빠지는가. 내가 내 속을 다 비우기 위해서다. 내 속이 꽉 차 있다고 행복한 게 아니다.

내가 대상에게 쏟아부은 사랑은 되찾을 수 없고 그 대상이 돌려줄 수도 없는 것이다. 첫눈에 반한다는 것은 나의 일부를 쏟아넣고 싶은 욕망의 일환인 것이다.

상실 그 자체가 된 나 자신을 다시 채울 수 있는 것

은 나 자신이 아닌 나를 사랑하는 또 다른 이성이다. 사랑은 대상에게 나의 일부를 쏟아 넣는 것이기에 새로운 사랑을 하면 텅 비었던 내가 또 다른 사랑의 물질로 채워지는 것이다. 그렇게 사랑은 사람을 바뀌게 한다.

코나투스의 힘

모든 것은 처음이 있고 끝이 있다. 시작에는 기대감이 있지만, 자기만의 과정을 거쳐 끝을 위해 살아간다. 끝의 다른 이름은 '목적'이다. 끝이 없다는 건 목적이 없다는 것과 같다. 목적은 처음에는 세상 사람들이 세속적으로 정해둔 것이고 그것도 힘이 다하면 자기만의 목적을 세워야 한다. 끝이라고 하는 것은 얼마나 온전하고 안정적인 것인가. 끝이 나면 결론이 난 것이기 때문에 비로소 마음을 놓고 신경을 쓰지 않으며 더이상의 긴장을 요구하지 않는다. 그렇다면, 주체는 소멸을 지향하는가? 생명을 가진 모든 것들은 소멸을 갈구하는 지에 대한 의문을 품을 수 있다.

우선 생명력에 관한 사유가 필요하다. 그것은 살아 있는 동식물에 대한 것이다. 생명을 가진 것들은 생의 일부 혹은 전부를 자기 의지대로 살아갈 수 있다. 하지만 이것은 전체를 포괄할 수 없는 편협한 생각이다. 자기 의지와 상관없이 새것으로 태어나 헌 것으로 버려지는 수많은 사물들에게도 그만의 생이 있다. 즉, 처음과 끝이 있다는 것이다. 먹지 않는다고 자지 않는다고 스스로 움직일 수 없다고 생이 없는 것이 아니다.

혼자 살아갈 수 없어 이 세상 많은 존재들과 교류하며 살아간다. 인생이란 의미가 무의미로 변모하는 과정에 있다. 사물이든 사람이든 그 의미를 다 누리고 나면 가치가 떨어진다. 무의미해진 것들, 필요 없어진 것들을 버리지 않으면 정리정돈이 되지 않는다. 아낀다고 소비하지 않으면 그대로 쌓이고 그 또한 짐이 되어 깔끔함을 유지할 수 없다. 모든 것은 소비되면서 소멸하는 것이다. 버리지 않을 의지는 바로 사랑에 있다. 사랑하면 절대로 버릴 수가 없다. 무의미해진 사람이라도 사랑을 하면 가치를 따지지 않는다. 사물도 그렇다. 의미있는 사물은 버릴 수 없다. 감정이 개입되면 소멸을 거부하게 된다.

소멸의 대표적인 예는 죽음이다. 죽음은 '없어짐'을 추동한다. 유에서 무로 변모하는 운동이다. 죽음 정말 모든 것을 무화시키는가? 죽음 이후에도 소멸하지 않을 수 있다. 죽음은 어디나 물질만을 무화시키는 것이다. 진정한 소멸은 정신에 있다. 정신적으로 사라진 것은 온전한 소멸을 의미한다. 잊혀진 것들은 아무리 온전한 모습을 하고 존재하더라도 사실상 부재한 것이다.

이 세상의 모든 것은 소멸을 부정한다. 체감되지 않

는 아주 작은 감정도 없어지길 희망하지 않는다. 누군가를 사랑하던 중 장벽이 생기면, 그 사랑을 포기할수는 있다. 하지만 그 사랑이 본질적으로 소멸하는 것을 원하지 않는다. 그래서 차선을 선택한다. 바로 변모이다. 현실에 맞게 적응하여 끊임없이 변모과정을 거친다. 누군가는 변화무쌍하게 변신을 하고 누군가는 오래전 모습과 진배없이 늘 한결같은 모습으로 살아가기도 한다. 그것은 소멸을 거부하는 방식이다.

주체는 기억되길 바란다. 타자의 기억에 의해서 주체는 영원히 소멸하지 않을 수 있기 때문이다. 어떤 사물들도 한정된 공간에서 너저분함의 기표가 되어 버려지는 것을 원치 않는다. 누군가의 소유물로 수동적으로 존재해도 말이다. 주체성이 없는 사물에게도 존재를 지속하고자 하는 코나투스의 의지가 있다. 인간다움을 잃고 타자의 소멸에 거침없다면, 주체 또한 자신을 존속시키기 어렵다. 타자를 지켜주면서 주체도 자기 보전을 할 수 있는 것이다.

소멸을 거부하고 존재를 보존하기 위해 주체는 노력을 한다. 그것이 코나투스의 힘이다. 누군가는 스펙을 쌓는다. 누군가는 자기계발을 한다. 좀 더 나은 사람이 되기 위해 자기 가치를 올리려고 하는 것이다. 처음에는 보여주기식의 노력도 나중에는 그 참의미를 깨달으면 인생의 새로운 경종을 울린다. 때로는 혼자만의 노력으로 자아도취가 되기도 하고, 좌절로 인해 허탈하기도 하지만, 타인의 주관적인 인정에 따라 자기 자신의 가치는 재평가된다. 남의 인정이 그리 중요한가? 사실 주체는 자기가 자기 자신을 인정하기 위해 살아간다. 나라는 사람은 그렇게 만만한 사람이 아니라 스스로 행복한지 어떤지에 대한 명확한 답도 내려주지 않는 존재다. 모든 포장과 배경을 제거하고 온전히 (어쩌면 볼품없는) 나 자신을 존속시키기 위해 인생의 의미를 찾는 것이다.

아우라의 괴리감

사람에 관해서 명확하게 파악하기 위해서는 그 사람과 직접 대면하고 경험해야 가능하다. 그 사람 그 자체가 아우라가 있는 원본이다. 간혹 그 사람에 관해서 그 사람 본인이 아닌 주변 사람들을 통해서 알아보는 일이 있다. 주변 사람에 의해서 재구성된 그 사람은 타인의 담론에 의해 만들어진 인공물이요, 그 사람 자체가 아닌 그 사람의 모방본, 즉 사본이다. 사람은 누구나 주변 사람들에 의해서 여러 사본적 이미지가 형성되어 있다. 사본에는 주관성과 편향적 시선이 내재되어 있다. 그럼에도 그 허위성을 짚어보는 단계는 상당히 생략된다. 그 사람 본인이 아닌 그 사람 친구들의 평을 더 신뢰하는 것은 그게 더 정확하다고 생각하기도 하는데, 사실상 아주 위험한 행동이다.

단순 사본의 정보로 그 사람의 진면목을 알 수 있다고 장담하는 건 무리수다. 오해의 여지가 있다. 담론이란 인공적으로 만들어지는 것이므로, 얼마든지 본질을 흐릴 수 있고 특정한 방향으로 몰아갈 수 있다. 담론이라는 말이 뭔지 어려울 수 있는데, 담론은 그냥 이 사람 저 사람들 사이에 떠도는 이야기라는 뜻이다. 이렇게 타자의 '언어'를 통해서 만들어진 사람의 이미지는 얼마나 신뢰할 수 있는가? 그럼에도 이런 사본적 정보로 누군가를 비난하고 오판하는 행위는 상당히 성급하고 위험하다고 할 수 있다. 어느 특정인의 악의적인 담론으로 진실을 왜곡하고 누군가를 매장하는 일이 가능하다는 뜻이다. 담론을 악용하는 건 분명 사람이다.

그럼에도 누군가의 담론으로 사람은 '정의'된다. '좋은 사람'이라는 담론이 있으면 그대로 수용된다. 그 사람이 가진 실제 능력보다 훨씬 높게 평가받는다. 반면, 나쁜 사람이라는 담론이 있으면 묻지도 따지지도 않고 몰리고 비난받는다. 애석하게도 담론이 본질을 앞선다. 담론에 대한 객관적인 검증은 잘 이루어지지 않는다. 가령 타인들의 비판이 쏟아지는 사람이라면 안 좋게 보일 수밖에 없다. 오해임이 밝혀지기까지 많은 시간을 필요로 한다.

단순히 담론에 의지하여 결정적인 선택을 해서는 안 된다. 중요한 정보일수록 아우라가 있는 본인에게 직접 물어보고 확인해야 한다. 타인에 의해 복제된 이미지에는 허구가 많다. 누군가의 감정이 원본을 조작하고 변형시킨다. 나를 모델로 한 나의 모방본이 나와

판이하게 다르다면 그 괴리감은 어떻게 설명할 것인가? 언제나처럼 원본은 멀리 있고 사본은 가까이 있다. 결국 담론을 생산하는 주체는 원본이어야 한다. 비평이나 평가를 타자에게 의지하는 것도 사실상 복사물을 만들어내는 것에 지나지 않는다. 왜곡된 사본이 지배적인 힘을 갖지 않도록 원본이 적극적으로 담론을 만들어가야 한다.

관계성

내가 모르는 낯선 사람과 조우할 때가 있다. 처음 보는 그 모르는 사람이 나의 일부가 되어 작용할 수 있다. 어느 날 갑자기 낯선 사람이 내 일부를 차지하고, 심지어 타인이 나를 바라볼 때 내가 아닌 이 낯선 사람을 먼저 보게 되는 기현상까지 벌어진다. 이건 무슨 상황일까? 바로 나에게 사랑하는 사람이 생겼을 때다.

전혀 모르는 사람과의 겹쳐짐. 이것은 내가 사랑하

는 사람이 만든 마술이다. 이 모르는 사람은 누구일까? 바로 내가 사랑하는 사람이 이전에 사랑했던 누군가이다. 내가 첫사랑이 아니라면, 나는 항상 잊혀진 누군가의 그늘 아래 있는 것이다. 그것은 부분적인 조각일 수 있다. 내가 사랑하는 사람은 나를 나 자체로 봐주지 않고 이전에 사랑했던 사람과 겹쳐서 보기도 하고, 가끔은 그 사람과 나를 동일시하기도 한다. 그 사람과 나에게서 유사성을 발견하면 나를 칭찬하기도 한다. 내가 나답게 행동하면, 그 사람답게 행동하지 않는다고 실망할 수도 있다. 기표는 형식이고 기의는 뜻을 말한다. 기표가 나 자신이라면 기의가 타인인 그런 상황이다.

　사랑이란 이처럼 내가 모르는 사람이 나의 일부가 되는 것이다. 그것이 부르는 이질감과 생경함은 사랑의 새로운 경험이다. 연인은 과거에 사랑했던 사람을 나에게 합체시킨다. 안 좋게 헤어졌건 눈물 겨운 이별은 했건 인연은 자국을 남긴다. 사랑은 이처럼 내가 모르는 타인들의 기억을 나의 몸에 이식하는 것이다. 나는 그만큼 낯선 사람에게 가려워진다. 그렇게 나는 보여지지 않게 된다. 이러한 시각화의 부재는 인연이 불러내는 환상으로 작용한다.

헤어진다는 것은 내 일부가 된 낯선 사람과 분리되는 것을 말한다. 상대방이 이별을 원치 않는다면, 그건 나에게서 이 낯선 사람을 떼어내고 싶지 않은 것이다. 또한 상대방이 나에게 애증의 감정을 가지고 있다면, 그 또한 나와 합체한 이 낯선 사람과 결코 무관하지 않을 것이다. 낯선 사람이 희미해지고 내 존재 그 자체로 수용되는 시점부터가 진짜 사랑이 시작되는 것이다. 그것은 나의 의지로는 불가능하고, 상대방의 관찰에서 이루어지는 것이다. 그는 내가 가지고 있지 않은 것, 나에게 없는 것을 관찰한다. 그것이 관심이다.

이는 꼭 이성애적 관계에서만 일어나는 것이 아니다. 두 번째 이상 맞이한 며느리에게서도 볼 수 있는 풍경이고, 자꾸 사람이 바뀌는 보직에서도 경험할 수 있는 일이다.

나의 흔적은 타인의 기억 속에 남는다. 사람은 온기가 있고 감정의 여운을 남기는 존재라 죽지 않아도 유령처럼 사람들의 의식 속에서 떠돌 수 있다. 전혀 모르는 사람이 나의 일부가 되었을 때 그 존재와 불화할 수도 있고, 혹은 그 존재가 나의 부족한 부분을 채워 줄 수도 있다. 타인과 관계성을 유지한다는 것은 수많은 낯선 겹쳐짐 속에서 나를 가리는 행위다.

알레고리

정신이 존재한다. 정신이란 대단히 추상적인 것이라서 구체화할 필요가 있다. 알레고리는 구체화하기 위한 방법이 된다. 정신의 알레고리는 육체이다. 나의 생김새 하나하나가 알레고리다. 외모만으로도 인상을 남기고 특정한 메시지가 생긴다. 그리고 타인과 구별된다. 그 다음에는 몸 단장이다. 단장을 소홀히 한 모습과 깔끔한 모습도 나의 심리상태를 반영하는 알레고리다. 체중 관리도 알레고리다. 운동으로 다져진 모습과 먹고 싶은 걸 다 먹어서 풍만해진 모습도 정서를 반영하는 알레고리다. 어떤 옷을 선택해서 입었는가, 어떤 색을 좋아하는지도 모두 그 사람을 상징하는 알레고리다.

알레고리는 기호에 따라 선택할 수 있다. 그리고 그 모든 것은 나를 '상징'한다. 처음에는 그저 내 마음대로 정이 가는 것을 선택했다면, 나중에는 타인들이 좋아할 만한 알레고리를 선정해서 선택하게 된다. 그리고 관계성 속에서 나는 타인에게 '용재자'로서 기능하게 된다. 용재자란 모르는 것이 아닌 어떤 의미를 확실히 가지게 된 것을 말한다. 타인에게 특별한 사람으로 각인되어 나는 어떤 사람에게 '첫사랑'의 알레고리가 되고 또 어떤 사람에게는 '친절한 사람'의 알레고리가 된다. 또 어떤 사람에게는 '배신'의 알레고리가 된다. 즉, 첫사랑을 생각하면 나를 떠올리는 사람이 있고, 친절한 사람을 생각하면 나를 떠올리는 이가 있고 '배신'을 떠올리면 나를 떠올리는 수 있다는 뜻이다.

알레고리는 브랜딩의 가능성이 있다. '이름'에는 뜻이 있어 최초의 알레고리가 된다. 퍼스널컬러를 선택해서 어떤 특정 색상을 나의 이미지로 지정하기도 한다. 각기 색온도와 의미하는 바가 다르기 때문에 나와 어울리는 색상을 잘 선택하면 색상이 나를 대신해서 강한 인상을 남긴다. 이 경우 알레고리를 넘어 시그니처가 되는 것이다. 음식점에서도 다양한 음식을 판매하기 보다는 시그니처 메뉴를 개발해서 밀면 결과가 좋다. 가령 일부러 커피와 크림이 흘러넘치게 플레이팅해서 '더티' 콘셉트로 시그니처 메뉴를 개발했다면, 이는 파격적인 느낌과 달콤함을 선사함과 동시에 편안한 휴식과 안정의 알레고리로 작용한다. 이는 즐길 거리가 되는 것이다. 내가 어떤 특정한 부분을 표상하는 존재가 되면, 타인들의 기억 속에 쉽게 저장이 된다. 마치 무슨 브랜드 상표처럼 말이다.

보통 사람에게만 정신이 있다고 생각할 수 있다. 반려동물이나 반려식물에게는 정신이 없을까? 자세히 관찰하면 그들에게도 감정과 표현이 있다는 것을 알게 된다. 강아지나 고양이에게도 정서와 욕망이 존재한다. 반려동물 입장에서는 인간이 모르는 게 있다고 생각할 수 있다. 실내에 둔 식물은 창가에 햇빛이 들어오는 방향으로 몸을 튼다. 언어로 대화할 수 없어도 화사한 초록빛과 생기로 소통할 수 있다. 미지의 세계이나 사물에도 버려지고 싶지 않은 정신이라는 게 있을 수도 있다. 그래서 사물은 쓰임새가 적으면서도 어딘가에 한 자리를 차지하고 잊혀진 채 오래도록 버티는 삶을 지향할지도 모른다. 이 경우는 빈공간을 채우는 기능을 하는 알레고리다. 그 공백감은 어떤 특정한 상실감을 채우기 위한 방편일 수 있다. 모든 것은 형용사와도 같은 정신이 작용한 알레고리로서의 존재로 기능한다.

사람이 질리는 것은 언어로 교류하는 대화에서 가로막힘을 느끼기 때문이다. 더 이상의 어휘도 생각나지 않고 맥락도 귀찮아져서 언어가 아닌 감정으로서 소통을 원할 수 있다. 반려동물, 반려식물과 교류하고 싶어 하는 것은 비언어적 교류를 원하기 때문이다. 동식물과는 대화를 주고 받을 수 없어 이때 언어의 세계가 빠진다. 물론 사람 혼자 동식물에게 말을 걸 수 있다. 당연히 언어적 응답이 없다. 따라서 표정이나 상황, 행동 등의 비언어적인 방법으로 소통을 한다. 언어가 동원되지 않기 때문에 서로 확실한 의미 전달이 되었는지는 모호하다. 그럼에도 감정적으로 일체감을 느끼고 조화로울 수 있다. 이것이 교류의 만족감을 부르는 이유가 된다. 담론이 빠진 관계 속에서 느끼는 평온함. 가령 고양이를 키우고 싶다는 마음도 나의 외로움이라는 추상적인 감정을 알레고리화하는 작업이라고 볼 수 있다.

모든 존재는 어떤 추상적인 정신의 알레고리다. 간혹 현존재로 존재하면서도 어떤 정신을 알레고리하는지 모를 수 있다. 그 정신의 기원에 관해서는 알 수 없을 수 있다. 그 정신을 찾아가는 여정이 인생이다. '나'라는 알레고리가 진정으로 추구하는 정신 말이다. 간혹 '좋은 동료'로서 알레고리는 포기해도 좋은 친구로서의 알레고리를 선택할 수 있다. 나쁜 배우자의 알레고리를 선택한 뒤에도 좋은 부모의 알레고리를 선택할 수 있다. 매번 '선택'의 방식으로 세부 알레고리를 지정하면서 보이지 않는 '정신'의 세계를 형상화하는 것이다.

정동

　기분이나 감정은 일시적이다. 기분이 존재하는 시간성은 짧고 감정도 길지 않다. 그렇다면 정동은 어떠한가? 정동은 수명이 길다. 감정이나 기분 같은 것과는 다르다. 정동이 감정이나 기분과 같이 감성적인 특성을 가진 것은 유사하다. 감정과 기분이 타의에 의해 수동적으로 갖게 되는 것이라면, 정동은 보다 능동적으로 수용하는 것이며, 단순한 생각에서 그치는 것이 아닌 구체적인 행동으로 이끄는 심리적 근원으로서 작용한다.

기분이나 감정에 따라 행동하면 일을 그르칠 확률이 높지만, 차곡차곡 쌓인 정동에 의해 하는 행동은 변덕이 없으며 신념이 될 확률이 높다. 정동은 가치관이 되어가는 과정이며 그 기저에는 확신이 자리하고 있다.

　정동이란 무엇인가? 정동은 느낌, 기분, 감정이 확장된 것으로 신체적인 타격감이 있으며 몸을 어떤 방향으로 움직이게 하는 동력이 있는 것이다. 느낌이나 기분 같은 것은 자의적으로 참고 삭일 수 있으나 정동은 그렇지 못하다.

　평온하고 조용한 일상속에서 낯선 사람들이 싸우는 모습을 본다면, 나도 모르게 그들이 주고 받는 이야기를 듣게 된다. 그 속에서 나의 시야대로 판단하게 된다. 남들 싸움에 내가 정동을 느끼는 것이다. 그들의 흥분이 나에게 체화되고 내 방식대로 받아들이는 과정이 바로 정동이다. 타인과 주체는 구분되지만,

정동은 전이되는 것이다. 타인의 스토리, 괄목할 만한 뉴스 기사도 정동을 일으킨다. 마찬가지로 문학, 미술 같은 예술 작품도 정동을 일으키고, 친구나 지인이 들려주는 소소한 이야기에도 정동은 발생한다. 자극적인 내용으로 직관적인 반응이 먼저 일어난다면, 그러한 외부적 이야기가 나에게 체화되면서 감정이 동요를 일으키고 그 감정이 나의 가치관과 행동패턴을 변화시키는 것이 바로 정동이다. 정동은 행위를 실천하는 몸을 변화시키는 것이다. 몸의 영향력이란 단순히 식은땀이 나고 소름이 돋는 등의 자율신경계적 반응 이상으로, 구체적으로 어떤 행동을 하는 양식을 의미한다. 어떠한 정동에 의해서 목표했던 방향을 수정할 수 있고, 선망했던 것을 포기할 수 있다. 몸이 움직이는 지향점을 바꾼 것이다. 직접적인 실천은 정신이 아닌 몸의 영역이다. 정동은 이러한 실천을 유도하는 것이다.

누군가가 불행한 결혼생활을 정리하며 이혼했다는 이야기를 풀어놓으면, 이 또한 듣는 이로 하여금 정동을 일으킨다. 사소한 디테일에 함께 분노하며 공감하는 것이 일시적인 감정이라면, '나는 결혼하지 말아야겠다'고 생각하게 되는 것이 정동이다. 정동은 행위를 일으킨다.

정동은 인생의 방향을 정하고 결과를 이끄는 데 직접적인 작용을 한다. 데카르트는 정신과 육체를 이분화하여 구분하였고, 스피노자는 육체와 정신이 서로 연결되었음을 정동을 통해 설명하였다. 필자는 육체가 곧 정신이라고 사유한다.

좋은 정동을 가지면 인생이 순탄해진다. 그러니 좋은 영향력을 발휘하는 예술 작품을 접하면 이로운 정동을 가지게 되는 것이다. 일일이 경험으로 부딪혀 시간 낭비, 트라우마를 직접적으로 경험하는 것보다 예술이라는 간접적이고 사변적인 방법을 통해 정동을 확보하는 것도 지혜롭다. 모든 선험적인 것들은 아름답다.

타인의 넋두리를 듣다 보면 기가 빠지는 것이 느껴지는데, 그 또한 나쁜 정동을 가지지 못하게 되기 때문이다. 남에게 공감하고 위로하는 것은 분명 좋은 일이지만, 그것이 나에게 좋은 정동을 남기는 것인지는 의문이다. 타인과의 교류는 어떤 식으로든 자국을 남기고, 이를 부인하면 무의식에 각인되어 오히려 자기 자신의 문제를 제대로 파악하지 못하게 되는 난제에 빠지기도 한다.

정동은 구체적인 행동을 이끈다. 어떤 선택을 하고 도전을 하는데 영향을 미친다. 누군가의 성공 사례는 타인들에게 동기부여를 하고 그것은 정동으로서 작용을 한다. 데카르트는 정신과 몸을 잇는 기관을 '송과선'이라고 명명하였는데, 이는 실체를 과학적으로 규명하기 보다 사실 상징적인 것이다. 인체에 퇴화된 날개나 꼬리처럼 송과선이 작용하며, 송과선에서 환상통도 발생한다. 그것이 바로 격한 정동의 힘이다.

누구나 타인으로부터 좋은 영향력을 받고 싶어 한다. 누군가가 나를 피하고 나와 대화하길 꺼려한다면 나로 인해 그 사람이 받는 정동이 부담스럽기 때문일 것이다. 줏대있게 휘말리지 않는 것은 기분과 감정의 선에서는 가능하다. 타인에 의해 발생하는 정동이 인생을 움직이는 힘은 불수의근의 움직임처럼 스스로 제어할 수 없는 것이다. 그러니 '나'(주체)는 '타인'(타자)의 이야기로 만들어지는 것이다.

혐오의 기원

혐오는 어떻게 발생하는가? 현대 사회에서 혐오는 개별적으로 만들어진다. 개인은 타인과의 관계성에 의존하면서 주체를 발견하는 방식으로 삶을 영위하고 있다. 타자의 시선에 비친 내가 주체이고, 나에 대한 타인의 담론이 주체의 구성요소이니, 남들 이목을 견지하며 살아가기 바쁘다. 한낱 성적표로 스스로가 평가되고 정의된다. 그렇게 주체는 나의 생각이 아닌 남의 생각으로 만들어진다. 남의 눈에 비추는 나는 연출이 가능하다. 있는 그대로의 나를 노출하면 감점이다. 그래서 스펙을 쌓기 위해 노력하고 자신을 포장하는데 열중한다. 남에게 보여지는 모습이 곧 내가 되기 때문이다. 자신을 포장하는 방법이 주체화되는 과정이라고 볼 수 있겠다. 이는 얼마든지 나 자신을 조작할 수 있다는 것을 의미한다. 현대인의 우울은 내가 나 스스로 나를 만들어가지 못하는 좌절감에서 시작한다.

자신의 욕망이 아닌 타인으로부터 비롯된 위장된 욕망을 충족시키며 살다 보면, 심원적인 혐오가 싹 트기 시작한다. 상당수 자신의 욕망이 무엇인지도 모르며 살아간다. 그것을 생각할 겨를이 없기 때문이다. 무의식에 큰 창고를 만들어놓고 더 들어갈 자리 없을 만큼 빼곡하게 '나다움'을 저장해두고 사는 형상이다. 타인의 시선과 담론으로 만들어진 나라는 주체는 나 자신이 아닌 인공물이요, 나를 복제한 모방본이다. 이

도플갱어 같은 모방본과 내가 서로 일치하지 않음으로써 간극이 발생하고 여기에서 혐오가 출현하는 것이다.

타자로부터 만들어진 나의 주체가 완벽한 모습일수록, 내 안의 혐오는 점점 부피가 커진다. 사실 남이 대충 만든 주체이므로 결함과 흠결이 많다. 이토록 불완전한 주체성에서 혐오는 내적으로 팽창한다. 이 혐오로 인해서 행복에 이르지 못하게 되고, 이에 대한 불쾌감을 해소하고 위해서 혐오의 대상을 물색하게 된다. 희생양으로 거론되는 대상은 보통 나의 권력 휘하에 있는 작은 존재이다. 애정과 결핍이 혼재된 복잡한 심리가 작용하며 혐오는 언제든 폭발해도 어색하지 않은 위험물이 된다. 취약한 존재의 작은 실수도 큰 비난의 근거가 된다. 나약한 존재로서 혐오의 대상이 되면 방어가 어렵고 파국을 맞게 된다. 많은 이들이 힘 없는 시절 이러한 횡포에 피해자가 된다. 평생 트라우마가 생길 만한 끔찍한 일이다. 혐오는 직선적이고 폭발물 같은 것이라 망설임이 없고 멈출 수 없다. 혐오는 희생양과 함께 나 자신도 폭파시키는 힘을 가지고 있다.

혐오는 원수를 향하지 않는다. 진짜 미워해야 하는 대상에게는 고개를 숙이고 웃는 얼굴로 대한다. 자기 보존을 위한 의도이며 공포심으로 인해서 그렇게 행동한다. 남의 시선을 의식하며 자기 포장에 열중하다 보면, 자아 상실로 인해 감당하기 어려운 혐오가 생기고, 그 혐오의 대상은 나와 관련된 가장 힘이 약한 존재이다. 사랑과 정을 쏟을 수 없는 것도 자기혐오가 강하기 때문에 그러하다. 남보다 자신의 시선을 우선시하고 주체를 스스로 만들어간다면, 온전한 자기 확립이 가능하여 자기혐오가 발생하지 않고 나약한 존재들을 사랑하고 아껴줄 수 있는 여유가 생긴다.

문득 고개를 들어 사람들을 바라보며, 그 사람들의

눈이 모두 어떤 거울 같다. 그 거울에 내가 어떻게 비칠지 고민하겠지만 놀랍게도 사람들은 관심이 없다. 내가 무슨 말을 했는지 어떤 표정을 지어보였는지 오래 기억하지 않는다. 즉, 타인이 만든 나의 주체성도 결국에는 나의 환상이고 허구인 것이다.

쾌락

사람은 쾌락을 추구하며 살아가야 한다. 그래야 꿈에 도달할 수 있고 인생의 의미를 깨달을 수 있다. 쾌락이란 무엇인가? 기쁨과 만족을 부르는 것이다. 좋아하는 일을 하며 흡족한 경험을 하고 인생의 즐거움과 행복을 감각하며 살아가야 한다. 이러한 과정 속에서 일어난 정동적 사건은 인생의 방향을 제시한다. 쾌락을 추구하지 않으면, 루틴화되어 '생산'에만 몰두하는 동물적인 삶에 그칠 수 있다. 세속적인 것을 넘어

궁극적인 삶의 가치도 쾌락과 연결되어 있다. 쾌락의 다른 이름은 고통이다. 쾌락이 곧 고통이요, 고통이 곧 쾌락이다.

쾌락과 고통의 구조는 계란과 같다. 고통의 껍데기 속에 노른자 같은 쾌락이 있는 형태다. 쾌락을 만나려면 고통을 접해야 하고, 그것을 파괴하는 절차가 필요하다. 외피에 있는 고통으로 인해 주저하게 되고 억압이 발생한다. 달걀을 부수면서 결국 쾌락과 고통도 같이 소실된다. 그래서 달걀을 보존하라는 규범과 갈등하게 되는 것이다.

고통 속에 쾌락에 있기 때문에 쾌락을 추구하지 않고 외면하게 된다. 그렇게 달걀은 병아리가 되지 못하고 안으로부터 부패한다. 달걀 속에는 꿈을 이루는 날개가 들어 있다. 인생에서는 수많은 달걀이 주어진다.

인생은 고통의 의미를 깨달아야 쾌락에 도달할 수 있다. 쾌락만을 쫓을 경우 허무해지는데 고통의 과정을 거치지 않았기 때문이다. 따라서 고통을 수용하고 경험하는 것은 중요한 것이다. 고통을 완전히 체화하면 고통을 이해하고 정복하게 되면서 평온이 찾아온다. 쾌락은 물욕과 성공의 실현이 아니다. 특히나 타인에게 해가 되는 내용이 있다면 절대로 그것은 쾌락이 될 수 없다. 쾌락의 본모습은 세속적인 성취가 아닌 인간다움을 부르는 따뜻한 마음이다. 그것은 행복과 용서, 고마움으로 형상화된다.

달걀은 부수지 않아도 스스로 태어날 수 있다. 고통은 균열이 따르고 그것은 쾌락이 탄생할 조짐이다. 고통이 주어졌다면 그것은 쾌락으로 접어든 길에 오른 것이니 실의에 빠질 필요가 없다. 기대감을 가지고 능동적으로 수용하는 것이다.

저급한 행복의 가치

이 세상에서 최고의 가치는 행복이다. 행복한 사람을 이길 자는 아무도 없다. 진정 행복한 사람은 남을 부러워하지 않고 의식하지 않는다. 타인과의 비교로 방황한다면 이미 행복한 사람이 아닌 것이다. 타인과의 비교는 애초에 서로 다른 두 사람이 틀린 그림 찾기 하듯이 서로의 다른 점을 찾는 것처럼 부질없는 것이다. 행복은 그 자체로 무적이다. 자신이 행복한 사람인지는 스스로 정의 내릴 수 있다. 행복은 자기 자신의 시야에 의한 것이고 그 외 세속적인 분야는 타인으로부터 평가받는 것이기 때문에, 행복에 관해서 생각해 볼 기회가 별로 없다. 게다가 행복은 평소에는 잠잠하다가 나락에 떨어졌을 때 소환된다. 독한 질병이 찾아오고 나서야 비로소 건강을 생각하는 것처럼 말이다.

행복은 좋은 것이다. 청운의 꿈을 안고 살아간다는 것은, 사실 내게 어울리지 않는 것, 타자에 의해 형성된 욕망을 내 안에 일체화하여 움직이는 것이다. 그래서 그런 꿈은 좀처럼 이루어지지 않고 이루어진다고 해도 허망함으로 귀결된다. 남들이 모두 인정하는 그럴싸한 행복에만 가치가 있다고 여기기 때문에 행복은 나와 무관한 것, 행복의 의미는 알 수 없는 미지의 것으로 여겨지기도 한다. 그래서 타인의 행복만을 행복이라고 인정하기도 한다.

때로 성공과 행복을 혼동하기도 한다. 명성과 사회

적 위치, 온화한 가정 등, 겉치레로만 성공으로 표상된 소위 완벽한 행복에는 진정한 만족감이 없다. 명예의 획득과 보존을 최우선으로 살다 보면 행복의 가치를 사유할 여유가 없다. 따라서 행복이 행복이 아닌 게 된다. 위장된 행복이다. 누군가 이런 걸로 자랑을 하면 듣는 사람도 지겨워져서 집중하지 못한다.

인생의 고통은 소소한 행복을 무시하면서 발생한다. 그 유치한 행복이 때로는 비난의 소지가 있는 아주 저급한 것일 경우에는 추구하기가 어렵다. 그러니 지양한다. 이러한 완고함이 행복과는 멀어지게 한다.

누구나 엉뚱함이 있다. 사랑해서 안 될 사람을 사랑하기도 하고, 식탐에 빠지기도 한다. 엉뚱함이라고 하기에도 사실 어폐가 있는 소위 동물적인 것들이다. 그것은 때로 욕망이라고 명명되기도 하지만 사실 저급한 행복이다. 남에게 말하기 민망할 정도로 비밀스러운 행복을 실현한다면, 그것은 쾌락이 된다. 불량한 행복의 실현으로 삶의 만족감이 일정 부분 채워진다. 남들에게 당당한, 품격 있고 교양 있고 고매한 행복을 추구하기 때문에, 그것이 옳다는 고정관념 인해 그것이 표면화한 위선으로 인해 행복과는 더욱 거리감이 생긴다.

저급하고 질 낮고 허접한 행복을 실현해야 자기 자신이 채워진다. 아니면 계속 내 안의 공백과 조우해야 한다. 밤 늦은 시간 기름지고 맵고 짠 야식 먹으면 건강에는 안 좋겠지만 사는 낙은 생긴다. 스스로의 허공을 챙우는 것은 각자의 용기에 달렸다.

죄의식

친절한 사람이 있다. 그는 왜 친절할까? 친절한 사람은 모두를 기분 좋게 한다. 그런 사람 앞에서는 마음이 놓이니 복잡한 생각을 하지 않는다. 그만큼 친절은 사람을 무방비하게 만든다. 그저 마주치는 사람 아무나에게 보여주는 친절함. 그것에는 사실 이유가 있다. 잘 보이고 싶어서, 마음을 얻기 위해서 친절한 게 아니다. 친절한 사람 그 마음속에 내적 갈등이 있어서 친절한 것이다.

친절함은 마음속 깊은 죄의식에서 나온다. 자신만의 사건, 어떤 비밀로 인해 스스로 감당하기 어려운 죄의식을 품고 있다면, 그에 대한 속죄로 타인에 대한 친절함이 표출된다. 잘 웃어주고 남의 이야기에 경청하고 공감해 준다. 마주치는 거의 모든 사람들에게 친절하게 응대하면서 그들로부터 '좋은 사람' '따뜻한 사람'이라는 평가를 받으면 죄의식을 희석할 수 있기 때문이다.

생각보다 많이 크고 작은 죄가 있다. 물어 따질 수 없는 죄. 경쟁에서 이겨서 생기는 미안함. 남의 애인을 가로챈 이기심. 어려운 사람을 모른 척한 매정함. 절체절명의 순간에서 친구를 외면한 냉정함. 이익을 위해서 저버린 양심. 남의 꿈을 짓밟기 위해 휘두른 권력. 타인으로부터 비난받지 않아도 이러한 이슈가 있으면 무의식적인 부분에서라도 죄의식은 생성된다.

아무리 노력해도 친절해질 수 없어서 고민인 경우가 있을 것이다. 그런 부류는 마음속에 죄의식이 없어서 그러하다. 죄의식이 있고, 스스로 죄인임을 인지한다면, 하지만 아무도 이러한 사연을 알지 못한다면 그에 대한 반사 작용으로 친절함이 줄줄 뿜어 나올 수 있다. 사실 친절을 가장한 '속죄'다. 또한 친절은 죄를 위장하기 위한 방법이 된다. 친절한 사람은 신뢰를 받기 때문에 자신의 죄를 들킬 확률이 현저히 낮아진다. 신뢰가 형성되면, 이미지메이킹에 성공해서 은근슬쩍 속을 내비쳐도 대부분의 사람들은 좋게 좋게 생각하느라 캐치하지 못한다. 보통 속마음은 지나가는 대화로써 여실하게 은유와 환유의 방법으로 비틀어 드러나지만, 만개한 꽃 옆에 푸른 잎사귀처럼 사람들 눈에 도통 보이지 않는다. 사람들은 아름다운 꽃만 쳐다본다.

스스로 죄인임에도 비난받지 못하고 운 좋게 넘어

갔다고 해도, 죄의식은 더 생생하게 존재한다. 마치 살아 숨쉬는 생명체같다. 죄의식이 제동 작용을 하지 않으면 악마화될 수 있다. 정말 미안한 사람이 있는데 이제 그 사람에 사과할 기회조차 없다면, 좀 더 성의를 다해 잘해줘서 만회할 여지가 없다면, 차선으로 다른 사람들에게 착하고 따뜻하게 대해준다. 마치 원래 그런 사람처럼.

간혹 이러한 이중적인 마음을 벗고 친절함을 싹 거둬들이고 대하고 싶은 특별한 사람도 있다. 그런 사람은 '좋아하는 사람'이다. 오만 사람한테 다 친절하면서 정적 좋아하는 사람에게는 싸늘하게 대할 수 있다. 그 대상에게는 '속죄'가 적용되지 않기 때문이다. 더 이상 속죄하지 않아도 되는 대상이라 특별하지만, 그 애정은 집착으로 변형되어 작용한다. 따라서 그 애정의 대상을 가해하게 되고 그에 대한 2차적인 죄의식이 생기면, 또 다른 사람들에게 친절함을 베푸는 것으로 해소하는 이중적인 속죄를 하게 되는 것이다. 거듭된 친절함으로 평판이 높아지며 삶의 만족도가 높아진다. 마음이 순수하고 양심적인 사람도 태도가 나쁘면 비판받는 것이 세상의 맹점이다. 이것이 허위이든 진실이든 무엇이 중요한가. 가해를 가한 이들은 모른 척 해버리고 마음속에 품은 죄의식을 친절로 변환하는 연금술을 부리는 것이다.

죄의식은 폭발물 같은 거라 언제든 친절한 사람의 탈을 벗고 별안간 용솟음칠 수 있다. 친절함이 본태적인 것이 아닌 죄의식의 변형 형태이기 때문이다. 본래적인 친절함은 그렇게 달콤하지 않지만, 죄의식으로 만들어진 친절함은 사람의 마음 속을 강하게 치고 들어갈 수 있을 만큼 대단히 달달하다. 더 이상 미안하지 않은 순간, 속죄가 의미 없어지는 순간 친절함이 싹 거둬지고 차갑게 돌변할 수 있다.

속죄는 일종의 수행이기 때문에 죄의식을 지울 수

없다. 속죄가 지나간 자리에는 죄의식이 얼룩덜룩하게 남아 있다. 대충 닦은 바닥처럼. 사람의 본성은 존재하지 않는다. 자신이 만든 형용사 안에 스스로를 가두고 프레임을 만드는 것뿐이다. 죄의식도 일종의 형용사로 된 프레임이다. 내적으로 스스로를 부도덕한 사람으로 여기면서, 외적으로는 반듯한 사람으로 표출하는 것도 자신이라는 질료를 왜곡하는 방법이 된다. 본성은 존재하지 않기에 어느 쪽도 진실일 수 없다. 그럼에도 왜 이러한 틈을 추구하는가. 바로 '미안함'이란 살아가는 힘이 되고, 성공으로 가는 열쇠로 작용하기 대문이다. 살아가면서 '미안함'의 동력이 필요했던 것이다.

김지연의 해바라기

필자는 그림을 그린다. 유독 해바라기를 많이 그린다. 필자가 해바라기를 그리게 된 연유는 우연히 해바라기를 그려서 걸어두었는데 그 이후로 좋은 일이 많이 생기는 경험을 실제로 하게 되었고 해바라기를 아예 행운의 알레고리(알레고리는 상징을 뜻한다)로 여기기 때문이다. 해바라기를 그리는 동안에도 행운이 생길 것 같은 기분 좋은 느낌이 든다. 그리고 그림을 완성해서 걸어두면 실제로 좋은 일이 많이 생겨서 필자는 해바라기를 신뢰하게 되었다. 그림에서 풍기는 정서와 기운은 보는 이로 하여금 '정동'을 일으킨다. 그리는 사람도 정동을 경험한다. 정동이라고 하는 것은 신체적 변모를 넘어 인생의 변화까지 일으키는 기질의 정신이다. 그릴 때마다 미묘한 감정의 변화가 매번 해바라기의 외모를 달라지게 한다, 가끔은 표정 있는 누군가의 얼굴처럼 느껴지기도 한다.

해바라기를 그리는 화가로서, 이제 '김지연의 해바라기'에 대한 미학적 의미를 정의할 때인 것 같다. 감상자들은 그림의 숨은 의미를 언어로 설명해 주길 바란다. 그림은 비언어적인 것이기 때문에 애매하고 모호한데, 이러한 중의성과 다의성이 꼭 사람의 의식과도 같아서 매력적이다. 그림에 대한 설명은 그림 감상에 더욱 재미를 더할 것이다.

해바라기는 씨앗 부분이 둥글고 크고 그 가장자리로 노란색 꽃잎이 둘러싸여 있다. 씨앗은 먹을 수 있는 유용함도 담고 있다. 필자는 씨앗 부분의 둥근 형상을 추상적인 '시간'의 알레고리로 형상화한다. 둥근 씨앗 부분이 시간성을 담고 있는 것이다. 둥근 시계를 연상하게 하는 원에는 시침도 분침도 존재하지 않는다. 그리고 숫자도 없다. 시간을 담고 있으나 숫자로 한정되지 않는 무시간성, 바로 영원성을 담고 있다. 흐르지 않고 고여 있는 거대한 시간. 해바라기의 씨앗은 이러한 시간성의 알레고리다.

그리고 둥근 시간의 가장자리에는 360도로 노란색 꽃잎들이 둘러 있다. 이것은 새의 날개와도 같은 의미를 가지고 있다. 언제든 날아오를 수 있지만 멈춰 있는 것. 자유를 품고 있지만 자유의 허망함을 알기에 제자리에 있는 것. 꽃잎은 둥근 시간의 중력을 받으며 날개를 활짝 펼친 모양을 하고 있는 것이다. 흡사 고뇌하는 한 인간의 또 다른 기표(기표는 형식이라는 뜻이다. 뜻은 기의라고 하는데 기표는 기의와 분리한 질료로서의 의미를 담고 있다)와도 같다. 사람이 서 있는 것은 하늘이 머리를 잡아당기기 때문이고 땅이 발을 잡아당기고 타인과의 관계성이 두 팔을 잡아당기고 있기 때문이다. 뿌리 내리지 못하는 사람이 한 걸음 움직이는 것은 나의 의지겠지만, 그 족적은 운명적인 것이다.

가끔 해바라기를 그리다 보면, 마치 나의 자화상처럼 여겨질 때가 있다. 나의 표정, 나의 감정, 나의 무의식이 전이된 해바라기를 보면 가끔 또 다른 거울 같아서 놀라곤 한다. 그림은 언제나 생각을 품고 있다. 무호흡으로서 살아있다. 사유는 오직 그림에만 존재한다.

이것이 '김지연의 해바라기'에 대한 정의다. 필자의 그림을 보게 된다면 꼭 이 이야기를 기억해주었으면 좋겠다.

김지연의 호박

필자가 즐겨 그리는 소재 중에 하나는 호박이다. 호박 또한 해바라기처럼 좋은 심상을 지니고 있고 또 그리면서, 그림을 걸어두면서 늘 좋은 일이 따르는 듯하여 애착을 가지는 소재이다. 그리고 그릴 때도 참 재미있다.

이제 호박 그림에 대한 미학적 정의도 내려야 할 듯하다. '김지연의 호박'은 생명력을 품고 있는 거대한 알(egg)과 같다. 호박의 둥그스름하면서 군데군데 각이 진 그 부피감이 하나의 알이다. 어미가 이제 갓 나은 따뜻한 알. 어둡고 깊숙하고 안전한 곳에서부터 정글 같은 삶 속으로 내쳐졌지만 비로소 인생이 시작되는 그 출발점에 서 있다. 그 안에는 해양 세계 혹은 지구 표면의 일들, 혹은 우주 밖의 이야기가 들어 있다. 아직 태어나지 않은 알로서의 존재, 아직 알을 부수고 나오지 못한 탄생 전단계의 존재, 그것이 '김지연의 호박'이다. 호박 위쪽에 그려진 꼭지는 그 세계로 진입할 수 있는 문과 같다. 호박은 잘 닫혀 있고 호박 안의 세계는 무궁무진하며 호박은 부드러우면서도 견고하게 익어간다. 호박은 누군가의 손길을 기다리는 설레는 돌멩이 같고, 꿈꾸는 운석과도 같다. 바닷가 돌멩이, 밭에서 주워 온 오색 찬란한 돌 혹은 우주 멀리에서 날아들어 지구 대기에서 절반 정도 타고 지표면에 안착한 운석. 필자가 그린 호박 안에는 생명력과 가능성이 잠재되어 있다. 액체처럼 출렁이며 유동적으로 존재하며 호박은 그 모든 세계를 품고 경계면을 그으며 한정하는 그릇으로 존재한다. 필자는 언제나 호박에 생명력과 안정감을 부여하고자 노력한다. 물론 그림은 언제나 무의식이 그린다. 매번 그림을 그리면서 결과물에 놀란다. 내가 이런 면이 있었다니, 하면서. 그림은 잘 그리는 게 아니라 마음을 그리는 것이다. 넓은 의미로 글도 그림도 대단히 추상적인 '마음'의 알레고리다.

필자의 그림 호박은 이러한 상상력으로 감상해 줬으면 좋겠다. 호박 하나 그려놓고 무슨 설명이 이렇게 거창하냐고 할 수도 있는데 글과 그림은 형이상학적인 것이다. 형이상학적인 것은 마술처럼 상상력의 세계를 넘나든다. 지각하고 감각하는 것 만큼 감동과 정동이 달라진다. 예술의 묘미다. 감상자는 그림을 통해 시각적 새로움을 느끼고 자기만의 감정을 뽑아내면서 자기만의 해석을 토대로 그림 속에서 자기 이야기를 만들어갈 수 있다. 이것이 예술을 향유해야 하는 이유다. 정신이 빈곤하면 삶의 의미를 찾기가 어렵다. 정신은 이렇게 쌓아가야 하는 것이다.

그림은 그린 이가 직접 설명하면 가장 명쾌하게 받아들여서 이번에 아주 속시원하게 그림 해설을 해보았다. 그림을 감상할 때 가끔 이 이야기들을 회상해주면 감사하겠다.

김지연의 숲

필자가 즐겨 그리는 그림으로 숲이 있다. 그 숲에는 여러 나무가 있을 수 있고 한 그루의 나무만 있기도 하다. 이는 풍경화라고 하기보다는 무의식을 관찰하고 정밀묘사를 한 그림이라고 부르고 싶다. 숲 속의 식물은 배고픈 육식동물처럼 욕망을 가지고 있다. 그러나 아닌 척, 아무렇지도 않은 척 연기하고 있다. 깊은 밤이면 식물성의 가면을 벗을 지도 모를 일이다. 숲으로 묘사된 색상의 향연이 의미하는 바는 비밀을 가지고 있되 아무에게도 말하지 않고 그러면서 스스로도 비밀을 잊어버린, 그래서 마음이 가벼워지고 행복에 이르렀음을 상징한다.

누구든 불행이 있고 비밀이 있고 트라우마가 있다. 그것은 한번 생기면 지워지지 않기 때문에 소멸하는 방법으로는 오직 망각만이 존재한다. 더 이상 생각하지 않아도 되고 누군가에게 털어놓지 않아도 될 비밀, 그렇게 잊혀지면서 사라진 비밀이 바로 숲으로 알레고리화 되었다. 그곳에는 맑고 시원한 산소가 있다. 촉촉하면서도 먼지가 날리지 않는 길이 있다. 명쾌하게 호흡할 수 있고 발걸음이 가벼워지는 산책의 시간. 아직 살아 있는 물고기 같은 비밀을 저 높은 하늘에 풀어주고, 나는 비로소 그 어떤 근심과 걱정이 없는 평온한 상태에 이른다. 말하지 못한 비밀로 더 이상 아파하지 않고 어느 날 소멸해 버린 해방감, 그 행복감을 표현하고자 한 그림이다.

필자의 그림 '숲'을 본다면, 이 글을 떠올려주길 바라고, 그림을 감상하는 당신이 '숲'이 발산하는 평온함과 평화를 만끽하길 바란다.

필자의 해설이 그림을 감상하는 데 도움이 되길 바란다.

본질은 없다

본질은 존재하는가. 마치 본질은 살아가면서 찾아야 하는 것으로 규정되고 대단한 의미가 있는 것으로 치부된다. 인생에 본질이 없다면 마치 심장이 빠진 것 같은 허망한 기분이 든다. 본질이 있는 것은 가치가 있고 본질이 없는 것은 무가치한 것으로 여겨지기도 한다. 과연 본질이라는 것은 그토록 유의미한가. 소위 본질이라는 것을 체감하였을 때 감동, 깨달음 등은 마음 속의 파문을 일으킨다. 그렇다면 본질은 인공적인 것인가, 본태에서 비롯된 자연적인 것인가. 결론부터 말하자면, 본질은 인위적으로 만들어진 것이다. 사람마다 다르게 형성되는 것이다. 얼마든지 조작되고 수정되고 재해석 되는 것이 본질이다. 따라서 본질이라는 하나의 귀결점은 상대적이고 유동성이 있는 것이라 사실상 허구라고 볼 수 있다.

인생의 본질, 사랑의 본질, 정의 본질, 본질이라는 시원과 근원에 접근하고 싶어 하고 그것이 진실임을 믿고 싶어 한다. 타인과 좋은 관계를 유지하면서 어느 날 특별한 계기로 마음이 토라지고 그것이 그 사람을 이해하는 진면목이라고 생각할 수 있다. 내 기분이 상했을 때 그 사람이 내 마음대로 하지 않는다고 그때의 느낌은 본질이라고 할 수 있을까? 내가 힘들 때 어쩌면 절체절명의 순간에 내 편이 되어 주지 않고 등돌린 사람을 보았을 때 그것은 그 사람의 본질로 치부될 수 있을까? 그러한 본질의 발견으로 인연을 자르고, 후회없이 감행한 이별이 현명한 판단이었음을 결론짓는다. 내 마음대로 안 된다고 타인의 자유를 억압하려한 것, 그리고 그것을 존중하지 않으면서 발견한 풍경이 진실이라고 믿는 것이다. 아니다. 그건 그 사람의 아주 일부를 보았을 뿐이다.

그 누구도 전체를 포괄해서 알 수 없다. 많이 알고 있다고 자부하는 것일 뿐, 내가 알 수 있는 것은 매우 한정적이다. 어떤 한 조각을 감정적으로 몰입했다고 해서 다 알게 되었다고 할 수 없다. 또한 지독한 오해를 하면서 진실에 다가간다고 착각할 수도 있다.

그러니까 본질은 착각이다. 내가 체득한 본질도 때로는 가면이며 오독이다. 애초에 그 어떤 것에도 본질은 존재하지 않는다. 내가 찾아낸 그 본질도 사실은 가짜이며 수정이 필요하고 나중에는 아무것도 아닌 것에 지나지 않을 수 있다. 그러니 확신과 신뢰가 얼마나 위험한 것인지 자각해야 한다.

본질은 스스로를 변명하기 위해 만들어진다. 자기를 정당화하기 위한 근거로 만들어지는 것이다. 특히나 힘들고 어려울 때 찾았다는 본질은 거의 부정성이다. 왜 본질을 찾기 위해 방황하는가. 본질을 찾았다는 생각은 안정감을 주고 방황을 멈추게 한다. 혼란한 감정의 종료를 하기 위해서 추구하는 것이다.

사랑의 본질도 인생의 본질도 나의 본질도 타인의 본질도 존재하지 않는다. 각자 저마다의 다른 정의만이 존재할 뿐이다. 그러니 본질을 애써 찾으려고 할 필요도 없다. 사람은 진짜로 자신이 추구하는 것을 향해 살아가는 것 같지만, 사실은 선택의 연속성 속에서 가까운 쾌락을 추구하면서 살아간다. 쾌락과 행복은 서로 붙어있기 때문이다. 상황에 맞게 모든 것은 수정이 되고 변화무쌍하게 생겼다가 없어진다. 본질은 어디에도 존재하지 않는다. 따라서 맹목적으로 믿고 추종할 것은 아무것도 없다.

활자의 힘

인생의 지평을 열어주는 것은 오직 활자밖에 없다. 그러니 책은 종이책으로 읽어야 한다. 오직 종이책만이 책이라고 부를 수 있다. 목소리는 활자를 대신할 수 없다. 다른 형식은 미디어이며 또 다른 매체일 뿐이다. 활자는 생각을 이끌지만 목소리나 영상은 생각을 이끌기 어렵다. 한 장 한 장 넘기면서 활자를 받아들여야 한다. 그저 눈으로만 살피는 독서로는 잔상을 남기기 어렵다. 소리 내어 읽거나 와 닿는 문장에 밑줄을 치고 다이어리나 독서노트에 좋은 문장을 필사하거나 내용을 요약해 두면 그것이 내 인생의 축을 움직이는 힘이 된다. 또한 생각과 느낌을 떠올려보고 삶에 적용해 보면 좋다. 이러한 능동적 독서는 상당히 유용하다. 고민이 생기고 삶이 가로막힐 때에는 책에서 본 문장에서 답을 찾아보라. 능동적 독서를 하였다면 문장이 저절로 떠오를 수 있다. 그러면 힘든 일이 닥쳐도 그렇게 괴로워할 필요가 없음을 스스로 자각하게 된다.

책에는 수많은 활자가 있는데 어느 어휘와 어느 문장에 밑줄을 긋느냐에 따라 미래가 달라지기도 한다. 같은 책이라도 사람마다 밑줄을 긋는 포인트는 모두 다르다. 그때의 처지와 상황, 가치관과 기호가 다르기 때문이다. 중심 문장을 찾지 않고 어떤 어휘를 오독해도 좋다. 그것이 자신만의 독서다.

작가의 강연회와 독서 모임도 유용하다. 작가의 강연회는 작가와의 만남 그 자체로 그 행위는 퍼포먼스이고 추억이고 인연이다. 북토크는 깊이 있는 독서만

큼의 의미를 기대하기 어렵다. 누군가를 대면해서 만났다는 것 자체가 하나의 추억이며 즐거움일 뿐, 작가와의 대화보다도 책을 깊이 있게 읽는 것이 더욱 유용하다. 독서 모임도 그러하다. 비슷한 관심사가 있는 사람들과 소통하며 대화를 나누는 것은 추억일 뿐이다. 독서 모임은 다른 모임에 비해 월등하게 우월하다. 하지만 책은 혼자 읽는 것이다. 의미가 활자 안에 있기 때문이다.

매달 책을 1권이라도 구입해서 능동적 독서를 하기를 권한다. 책을 펼치고 소리내어 읽어본다. 그리고 특히 와닿는 문장에 밑줄을 긋는다. 연필이나 색연필, 볼펜, 형광펜으로 다채롭게 그어본다. 그리고 노트나 수첩에 특정 문장을 옮겨서 적어본다. 따라 쓰기에 능해지면, 긴 내용을 요약해서 적어본다. 리뷰를 블로그나 인스타그램 같은 SNS에 남겨본다. 이렇게 혼자 즐기는 시간 순삭으로 지나간다.

깊은 상실감을 느낄 때는

나를 사랑해 준 사람이 사라졌을 때다.

남의 사랑을 바라기만 하면

수동적인 존재가 된다.

수동적으로 살다보면 종속적인 삶이

편하다고 느끼게 된다.

어느 날 나 자신이 없어졌음을 알아도

되찾는 순간이 아마 더 두려울 것이다.

마음의 고통

원하는 것을 얻지 못할 때 마음의 고통이 생긴다. 그러면 마음의 고통은 영원한가? 마음의 고통은 끝이 있다. 원하던 것이 알고 보니 내가 원하는 것이 아닌, 타인이 원하는 것이었음을 깨닫거나 혹은 소망하던 것을 쟁취하고 나서 그것의 허무함과 무상함을 느끼고 나면 욕망의 덧없음을 깨달으면 그 마음의 고통이라는 것이 끝난다. 잘 모를 때는 갈구했었는데, 실제로 경험해 보고 나니, 정말 아무것도 아니구나. 그때는 몰랐으니까 간절했을 뿐 실제로 겪어보니 별것이 아니었음을 깨달았을 때 마음의 고통도 같이 덧없는 것이 되어서 사라진다.

살면서 내가 원하는 것과 남이 원하는 것을 잘 구분하지 않고 살아간다. 내가 스스로 답을 낼 수 없어서 남에게 물어봐서 결론을 짓는 일이 허다하다. 타인의 인정이 늘 옳은 것처럼 여겨진다. 하지만 그 어떤 전문가도 내 마음속을 알 수는 없다. 남이 잘 모르게 하기 위해서 의식, 전의식, 무의식으로 정신이 설계되어 있는 것이다. 깊은 물속보다 더 아득히 끝을 모르는 것이 사람의 마음이다.

사실 내가 간절히 원하는 것은 내가 원하는 것이 아니라 타인이 원하는 것에 가깝다. 지적인 능력이 높을수록 남의 욕망을 자기 것으로 착각한다. 나는 정작 그 실체를 정말 좋은 것인지 알지 못한다. 내게 어울리는 것인지 나와 잘 맞는 것인지 생각해보지 않는다.

남이 좋은 것이라고 떠받드니까 나도 한번 믿어보는 것이다. 나의 만족감보다 타인이 나를 인정해 주는 것에서 의미를 찾는다. 그러나 내가 실제로 경험하는 것은 온전히 나만의 것이며 나만의 책임으로 따른다. 사람들은 잘 알지도 못하면서 소문만 듣고 선망한다. 실체는 참담한데 말해봤자 내 얼굴에 침 뱉는 격이라 그냥 아무렇지도 않은 듯 다 알고도 침묵한다.

마음의 고통은 타인의 욕망을 내 마음속에 새기면서 발생한다. 그리고 그 욕망을 실현하고 실망하면서 고통은 사라진다. 실망으로 귀결되는 것은 세상 모든 것을 만족시킬 수 없는 것이 사람의 마음이기 때문이다. 모든 것은 기대 이하로 평가받는다. 이러한 부정성이 마음의 고통을 제거하는 힘으로 작용한다.

나 자신의 욕망을 실현했을 때는 실망 대신 후회를 한다. 이 경우는 처음에는 고통이 없었다가 욕망을 실현한 뒤에 고통이 따르는 것으로 진행된다.

타자성

언제나 주체를 중요하게 생각해 왔다. 그러니까 내가 중요하다는 뜻이다. 내가 좋아하는 것, 내가 하고 싶은 것, 나를 위한 것 위주로 생각하고 행동해 왔다. 타인에게 휩쓸리기를 주의하며 내 삶의 주축은 당연히 나 자신이라고 확신하며 살아왔다. 사람은 만났다가 떠나는 것이고 일의 결과는 언제나 남는 것이기에 사람과 함께 하는 시간보다도 나 자신을 갈고닦는 일에 더욱 골몰했다. 누군가와 결별하고 그 시간과 노력이 아깝다고 생각했던 어리석음도 있었다. 어떤 만남이던 소통으로 만들어진 비언어적 피드백은 삶을 성장하게 한다.

그럼에도 나는 허전했다. 나 하나를 중심에 두고 생각하며 달려오기에는 항상 뭔가가 부족함을 느꼈다. 주체의 의미가 커진 만큼, 타자는 쪼글아들어서 그 의미가 작아졌다. 주체성이 팽창하는 만큼 타자성은 작아진다. 쉽게 말해 나 자신 위주로 생각하면서 남에 대한 관심을 끈 것이다. 이것에서 오는 불균형을 나는 오랫동안 간과하였다.

남에 대한 관심이 많은 걸 한심하다고 생각했다. 타인은 타인의 의지와 기호대로 살아가는 것이다. 그러니 내가 간섭할 수 없는 영역이다. 그러니 어쩌다 비슷한 노선에서 만나면 그 한정된 시간을 함께 향유하고 각자 갈 길을 가는 것이라고 생각했다. 너무 많은 감정을 부여하고 내 자신의 일부처럼 생각하는 것은 부질없는 일이라고 여겼다. 인연을 통해 뭔가 남을 거라고 기대하지 않았다. 그때 그 시절 그 순간에만 존재하는 사람들이 되어 긴 세월이 흐른 뒤에는 언제나 타인의 젊은 모습만이 기억에 남아 있었다.

깜빡 잊는 일이 있다. 그럴 수 있다. 과연 내가 능동적으로 잊은 것일까? 사실 아니다. 무의식적으로 기억하지 못하도록 작용한 것이다. 그러니 고의적으로 잊은 것이다. 일부러 그런 게 아니지만, 그 실체는 고의인 것이 많다. 의도는 언제나 무의식 뒤에 숨어서 움직인다. 무의식의 작동은 타자성이 많이 좌우한다. 따라서 타자성이 많이 결핍되면 놓치는 것이 많아진다.

남을 이해하고 배려하는 것. 그것이 어려운 이유는 그 사람은 나 자신이 아니기 때문이다. 타자는 자신의 마음을 조각의 수준으로, 일부분만 표출하기 때문에 의도가 무엇인지 애매모호하다. 또한 타인은 나의 의

지대로 움직이지 않는다.

사랑의 속성은 타자성이다. 타자에 대한 깊은 관심과 애정. 나는 너의 일부가 되고 싶다. 내가 타자의 일부가 되는 일. 그러면서 주체의 자리가 비워져 가는 일. 누군가를 사랑할 때 나오는 용기, 용기는 평소에 발견할 수 없는 괴력 같은 것이다. 그러면서 나도 모르게 해내는 놀라운 능력. 그리고 성취. 타자성의 힘으로 만들어내는 것이다.

주체성과 타자성은 비등하게 가지고 있어야 한다. 내 안의 주체성과 타자성이 서로 불화하지 않게 조화를 이루어야 한다. 타자는 나와 다른 존재이지만 타자 안에 내가 있고 내 안에 타자가 있다. 내가 나약해서 타자를 필요로 하는 것이 아니다. 나는 타자를 지켜주고 힘이 되기 위해서 존재한다. 나 역시도 누군가의 타자성이다. 그래야만 타인이 느끼는 나의 이질성이 사실은 온전함임을 이해할 수 있다.

원래 있었으나 지금은 없어진

자국에 찾아오는 고통

그리고 처음부터 내 것이 아님을

깨달았을 때 찾아오는 고통

환상통

사랑하는 사람을 내 것이라고 생각할 때가 있다. 그러니까 소유다. 그 사람의 몸이며 정신이며 다 내 것같다. 사랑하는 사람이 생긴 것은 이렇게 좋은 것이다. 보험 든 것처럼 나 말고도 한 사람 더 확보했다. 나자신이 둘이 된 느낌. 사실 사랑이란 나 자신을 그 사람에게 투영하는 것인데, 그래서 나는 비워지는 것인데 그 사람이 내 것이 된 것 같은 착각이 든다. 잃은 것인데 얻은 것 같은 오류. 나누는 게 많아지는 거라는 행복한 상상력. 어떠한 감정적 요소로도 두 사람이 하나가 될 수는 없다. 그건 환상이 만들어낸 일체감이며 환각일 뿐이다. 사랑하는 사람이 '내 것'이 되었다는 안정감, 그것은 행복감과 만족감으로 위장되어 있다. 그 사람이 가진 모든 것이 내 것이 된 것 같은, 풍요로운 착각 말이다.

그런데 이 사람이 내 말을 잘 따르지 않고 고집을 부린다. 나의 기대를 허물고 제멋대로 행동한다. 그러면 어떨까? 용납할 수 없다. 계속 부딪히고 파열음이 생긴다. 안정감이라는 환각이 허물어지기 시작하면서 두 사람의 관계도 금 간 유리처럼 위태로워진다. 그러다 이별이라는 사건이 생기고, 일체감을 이루었던 대상을 상실하게 된다. 나의 소유였던 나의 부분이었던 대상이 사라졌다. 그리고 그 대상이 있던 자리. 지금은 빈 자리, 존재하지 않는 자리. 그 자리가 아프다. 잘려진 신체는 이제 존재하지 않는데 그 부위에서 통증이 느껴지는 환상통. 가령 손가락을 잃은 이는 없어진 손가락이 아프고 다리를 잃은 이가 없어진 다리가 아프다. 그 사람이 더 이상 존재하지 않는데 그 사람이 있던 자리에서 느껴지는 통증. 그것이 바로 환상통이다. 내가 누군가의 일부였다면 내가 사라지면서 그 사람의 느끼는 환상통이 나에게로 전이된다. 내가 있었던 자리에서 이탈하면서 만들어진 공백, 그 공백에서 들끓는 통증 또한 나의 몫인 환상통이다.

사랑도 인생처럼 본질이 없어서 헤어진 사람은 인연이 아니고 어딘가 인연이 따로 있다는 생각이 들 수 있는데 그것은 잠깐의 위안이며 새롭게 만나는 사람도 그 전과 다를 바는 없다. 머리카락과 손톱, 발톱은 잘려나가도 아프지 않다. 이런 통증 없는 환상통만 남기는 인연도 있다.

이별의 이슈 없이도 환상통은 존재한다. 반려자로 일생을 함께 하면서도 서로 각자 존재하며 결국 타자가 주체가 하나가 될 수 없음을 절감하는 순간. 같이 있어도 결국은 서로가 남남인 상황. 뜨거운 사랑이 한때 존재했으나 지금은 휘발되어 존재하지 않지만, 그 없어진 자국에서 느껴지는 통증.

나 혼자 너무 힘들고 어려워서 울고 있는데, 이 세상 모든 통증은 나 혼자 다 겪고 있는 것 같은데 이 통증이 모두 나에게서 비롯되었다면 나만 없어지면 이 고통도 사라질까 하는 흥미로운 역설에 빠져든다. 내가 도망친 자리에 남은 환상통. 그 환상통은 누구의 몫인가? 어쩌면 삶이란 끊임없이 추적해 오는 환상통을 어딘가 몰래 버려놓고 탈주하는 과정이 아닐까 하는 생각이 든다.

질료라는 허상

무의식이 있다. 이것은 워낙 날 것이라 위장이 되어 있다. 남들이 알아보지 못하게 잘 가려져 있다. 이건 본인 스스로 잘 알아보지 아주 멀찍이 숨겨져 있다. 무의식이 뭐라고 하건 대충 분위기에 맞춰서 살아간다. 남들이 정상이라고 제한하는 범주까지만 생각하고 행동한다. 평안하다. 가끔 꿈에서 생경한 장면을 보고 '이게 뭐지?' 생각에 잠기고 결국 뜻을 알아내지 못한다. 수많은 암시에 의미를 부여하지 않는다.

사람이라는 존재는 무의식을 담는 질료다. 무의식은 살아있는 생명체와 같다. 무의식에도 본질은 없다. 본질이 없다는 것은 계속 움직이는 것을 의미한다. 그러니 본질을 찾는 건 의미도 없다. 길을 찾으러 갔는데 길이 없음을 확인하는 것에 지나지 않는다. 간혹 무의식의 어떤 면모를 발견하고 그것을 본질이라고 생각하면, 오해하는 결과가 된다. 무의식은 질료로 만들어진다. 때로는 지탄받을, 매우 선정적인 것임에도 잘 빚어지고 구조가 짜여져서 때로는 타자를 납득시킬 정도다. 지적인 인간일수록 이 작업에 능하다. 무의식은 질료로 만들어지지 않으면 때로 매우 부도덕하고 민망하게 노출될 수 있다.

무의식이 낯부끄러울 정도로 표출되는 경우가 있다. 예를 들면 깜짝 놀라게 하는 사건사고 뉴스다. 별의별 범죄의 이야기를 보면, 원초적인 무의식에 질료가 부족하다. 애써 정당화하고 살을 붙이고 자기 변명을 하는 과정 없이 직관적으로 표출된다. 일면식도 없는 사람을 해치기도 하고 누군가는 사랑하는 사람들에게 해를 당한다. 이처럼 질료가 없으면 무의식은 크게 사고를 친다.

그렇다면 질료는 무엇인가? 질료는 언어다. 그 언어의 세부 질료는 생각이다. 무의식이 개인적인 것이라면 생각은 사회적인 것이다. 생각은 사회에 맞게 무의식을 언어로서 빚어내도록 한다. 규범에 어긋나지 않게 도덕과 규율에 호흡을 같이 하며 타인들이 듣기에 반발심이 생기지 않게 먹기 좋은 빵처럼 만들어낸다. 잘 만들어진 무의식은 거부감이 없다. 어쩌면 훌륭한 것으로 추앙받는다. 욕정이라는 무의식도 고급스러운 어휘로 살을 잘 빚어서 언어화하면 인간의 마음을 꿰뚫어보는 통찰력으로 둔갑하기도 한다.

언어적 맥락이란 허상이다. 무의식이 존재감을 감추기 위한 질료 같은 것이다. 의도를 파악하기 위한 핵심 문장을 살피는 것도 사실은 오독이다. 무의식은 그보다 더 깊은 곳에 있다. 문장 혹은 말의 살을 다 발라내고 주요 키워드만 남겨둔다. 생선구이 해체하듯이 잘 발라낸다. 생선구이는 가시를 치우고 살을 남기면 되지만, 문장을 손질할 때는 살은 버리고 뼈대만 남긴다. 최대한 언어화된 생각을 벗겨내고 핵심만 남겨둔다. 그럼 그것이 무엇을 말하는지 확실히 알 수 있다. 사회적 지탄을 염려하여 애써 자기 합리화와 변명을 한 언어의 장벽을 깨면 질료가 다 벗겨져 나간 나체의 무의식이 보인다. 남에게 들키고 싶지 않은 부끄럽고 민망한 그 풍경. 그럼에도 인간은 자기 자신에게 명령을 할 때 무의식을 기반으로 한다. 내가 나에게 끼치는 영향, 남이 나에게 끼치는 영향도 질료가 아닌 무의식을 바탕으로 이루어진다. 질료가 견고할수록 자신을 지키기 쉽고, 질료가 부족할수록 직관적으로 사고를 칠 수 있다.

자기 보존 의지에 따라 질료가 너무 두꺼울 수 있다. 누구도 깨부수지 못하게 두터울 수 있다. 인간은 자신의 무의식을 부정하면서 살아간다. 무의식보다 질료를 더 신뢰할 수 있다. 무의식은 원초적이고 날것이며 위험하다. 차라리 외면하면서 타인이 만들어둔 정상적인 범주에서 생각하고 말하고 싶다. 지극히 사회적인 생각을 바탕으로 변명하는 언어를 직조하면서 남들 보기에는 아주 멀쩡한, 때로는 완벽한 모습으로 말한다. 그러나 질료는 허상으로 된 옹벽이다. 모든 것은 무의식의 의도대로 살아간다. 수많은 문장, 수많은 담화 그 속에는 무의식이 단 하나의 어휘로 숨겨져 있다. 어떤 어휘가 질료인지, 어떤 어휘가 무의식을 담았는지는 모두에게 다를 수 있다. 때로는 스스로도 헷갈릴 수 있고 모를 수 있다.

결핍과 과잉

결핍은 홀대받고 과잉이 환영받는 시대다. 언제나 그래왔다. 과잉은 환대받고 이로운 것이다. 결핍은 모자람을 의미한다. 식당에서 밥을 먹었다고 하자. 그런데 반찬이 가짓수도 적고 전체적으로 양이 부족했다면 만족할 수 있는가? 반찬 그릇이며 밥 그릇이 아주 싹싹 다 비워졌다. 버리는 음식만큼 아까운 것이 또 있는가. 잔반 없이 아주 깔끔한 식사다. 그러나 처음 간 곳이라면 불만이 생겨서 다시 안 갈 것이다. 상황을 바꿔 반찬이 아주 다양하고 양이 푸짐했다. 남길

정도로 양이 많은데 주인은 달걀프라이까지 서비스라며 더 준다. 한 번도 뒤집지 않아 흰자, 노른자가 영롱한 달걀프라이. 주방장 셰프의 음식과 식당의 불맛, 그리고 넉넉한 인심. 만족하겠는가? 너무 당연히 만족한다. 결국 잔반이 생겼지만, 다음에 또 오겠다고, 맛집을 발견했다며 단골이 된다. 이토록 과잉은 훌륭한 것으로 대접받는다. 눈치 안 보고 편하게 이용할 수 있는 꽉 찬 셀프바는 아름답다.

나 자신의 정신을 구성하는 요소에 있어서도 결핍된 것과 과잉된 것은 존재한다. 과잉된 것은 장점으로 삶에 긍정적으로 작용하며, 결핍된 것은 단점이나 지탄받는 것으로 작용한다. 과잉이 먼저인가, 결핍이 먼저인가? 과잉이 생겼기 때문에 결핍이 생기는 것이다. 형제가 여럿인 집안에서도 어느 한 자식이 편애를 받는다. 과잉이 생기면 또 다른 이에게는 소외감이 생긴다. 이러한 결핍감은 과잉의 만족감을 극대화한다.

따라서 결핍은 과잉을 위해 존재한다.

현재 내가 어떤 결핍감을 느낀다면 다른 부분이 과잉이 되었기 때문이다. 균형감을 찾는 순간 삶은 밋밋해지므로 결핍과 과잉은 즐길 거리가 된다. 이 세상 불행이라는 것도 결핍감에서 찾오는 것이고 세상만사 배부르고 긍정적인 것은 과잉에서 온다. 결핍은 미움을, 과잉은 사랑을 부른다.

내가 많이 가지는 것보다 더 전율적인 것은 남보다 더 많이 가졌을 때다. 혼자서 독차지하는 것보다 비교군이 있어 나의 우월함을 과시할 때 더욱 의의가 있다.

대인관계에서 서로 감정적 교류에도 결핍과 과잉이 작용한다. 서로 결핍적인 관계를 형성한 경우에는 마찰음이 끊이지 않는다. 상대방에게 바라는 것이 생기고 기대하는 것이 생긴다. 하지만 그런 것들은 채워지지 않는다. 아무리 착한 사람도 결핍감을 견디지 못한다. 반면 정신적으로 물질적으로 과잉이 된 관계는 어떠한가? 신뢰와 만족감으로 충만하다. 대하기 싫은 사람, 다시 만나고 싶은 사람의 호불호는 결핍과 과잉에서 비롯된다.

결핍과 과잉의 역동성은 이 세상에 본질이 없음에 기인한다. 왜 본질이 없다고 하는가? 본질이란 핵심이요, 코어인데 그 중심이 없다면 너무 헛헛하지 않겠느냐고 반문할 수 있을 것이다. 재차 언급하지만, 본질은 존재하지 않는다. 그에 대한 반증은 부모 같지 않은 부모가 있고 선생 같지 않은 선생이 있고 친구 같지 않은 친구가 있기 때문이다. 갈등이 커지면 크고 작은 갈등과 사고가 터진다. 누구나 부모답게, 선생답게, 친구답게, 자신의 본분을 지켜 행동하고 싶어 하지만 그것은 강요된 규율일 뿐, 그것이 본질이라고 하기는 어렵다. 이 세상에 본질이 없는 이유는 사람은 자기가 원하는 대로 살아갈 수 없기 때문이다. 차선을 선택하고, 그것도 안 될 때는 차선의 차선을 선택한다. 상황에 맞게 주어진 선택지 중에서 선택하면서 살아가기 때문에 그것이 정녕 진짜 내가 원하는 것인지에 대한 검증은 빠져 있다. 심지어 조금만 방심해도 아무것도 주어지지 않기도 한다. 그러니 생각할 겨를도 없이 내 운명에 맞지 않은 선택지를 움켜쥐어야 한다. 누구나 원하는 대로 살아가지 못한다. 주어진 것 중에서 제한적인 선택을 하며 살아간다. 결핍감 속에서 본분은 상실되는 것이다. 부모이기 전에 한 인간, 선생이기 전에 한 인간, 친구이기 전에 한 인간인 것이다. 따라서 본질은 존재할 수 없다. 고정관념과 기대심리를 본질이라고 두고 엇나간 사람을 이해하려고 하면 불가능하다. 믿음은 아름다운 것이지만, 사람을 믿는 것은 가능한가? 신뢰가 위험한 것도 본질이 존재하지 않기 때문이다. 본질이 있다면야 현관문을 열어놓고도 외출할 수 있다. 본질이 없기 때문에 스스로의 약점을 감춰야 하고 비밀을 누설하지 말아야 하며 선을 지켜야 하는 것이다.

본질이 없어 비어진 공간을 채우는 것이 과잉이다. 과잉은 충만한 것이지만 유동적인 것으로 본질이 될 수 없다. 사랑이 모자람 없이 흘러넘쳐야 하고 관심이 부족함 없이 이어져야 한다. 통에 물이 흘러넘쳐야 가득찼다는 느낌이 든다. 과잉은 만족을 부르고 마음 속의 불편함을 삭제한다. 건강을 유지하는 칼로리만큼만 섭취해도 배부르지 않으면 만족이란 있을 수 없다. 결핍은 부정성을 부른다. 채워지지 않는 공복감으로 인해 비난하고 힐난한다. 모든 결핍된 것들은 사라지지만, 과잉된 것들은 살아남는다. 아끼면 망한다. 정신적인 것들은 물질적인 것과 달리 무한대에 가깝게 양산이 가능하다. 모두가 꿈꾸는 행복이란 정신의 긍정성이 과잉되는 것이다. 긍정이 아주 가득차고 또 차야 비로소 걱정이나 불안이 잠식하기 때문이다.

열린 구조

어느 날 사소한 실수로 인해 인생의 방향이 바뀌거나 지금껏 쌓아왔던 모든 것이 날아간다면? 너무도 작디작은 일로 인해 나의 인생이 달라진다면? 그것을 허용할 수 있는가?

민들레 홀씨처럼 날개 없이도 공기 중을 부유하며 파란을 일으키는 일들, 그런 일들은 분명히 있다. 그것의 기원은 내적 욕망. 가리워져 있거나 감춰둔 나의 의식 같은 것 말이다. 언제든 괴물처럼 뚫고 나와서 나의 삶을 장악하는 일, 그런 일은 있다.

인과관계는 투명하다. 통시적으로 살피는 일. 즉, 시간적 순서대로 나열하는 일. 그 흐름의 분석으로는 직접적인 이유를 알기가 어려워서 인과관계로 접근한다. 그러니까 원인과 결과. 이 결과를 초래한 원인이란 무엇일까? 원인과 결과는 서로 유기적이어야 한다. 하지만 물과 기름처럼 겉도는 원인과 결과도 있다. 아주 사소한 원인이 피치못할 결과를 이어지는 일 말이다. 사람에게는 감정이 존재하여 이런 기적과도 같은 일이 벌어진다.

한 어휘에도 여러 가지 의미를 부여할 수 있다. 사람의 말은 일관적인가. 그렇지 않다. 이 말 했다 저 말 했다, 상황이나 감정에 따라 미묘하게 달라진다. 혼란이 초래되기 때문에 항상 일관적인 사람을 좋아한다. 바위처럼 꿈쩍도 하지 않는 고정성, 그것은 그 사람을 둘러싼 다른 사람들이 다루기에 편한 것이지 정작 그러한 심성을 가진 본인의 인생은 매우 고달파진다.

이 세상 무엇 하나 변하지 않는 것이 없는데 생각과 마음 또한 그러하다. 어떤 대상에 대한 가치관과 신념도 열려 있어야 한다. 어떤 이야기를 들으면 가장 중요한 것은 결말이다. 하지만 결말이란 언어로서의 마지막일 뿐이다. 언어가 거기서 끝나서 결말인 것이다. 스토리가 끝난 게 아니다. 다만 스토리가 더 이상 언어화되지 못해서 결말이라는 착각이 들게 한다. 스토리는 멈추지 않는다. 누군가는 특정한 나의 이야기의 결말에 관해서 이미 들었겠지만, 그 결말과 상관없이 나의 삶은 계속된다. 왜 언어는 어느 지점에서 끝났을까? 멈추고 싶어서다. 언어의 끝은 단지 스토리 추적의 끝이다.

해피엔딩이든 새드엔딩이든 명확히 정해지는 것. 그것은 그저 그때의 감정을 정리하기 위한 칸막이 같은 것에 불과하다. 사랑이라는 관념도 때로는 달콤한 것, 때로는 부질없는 것, 여러 가치관으로 대할 수 있다. 사랑의 정의는 무궁무진하며 양가적이다. 그러니 열린 구조로 되어 있는 것이다. 사랑을 어떤 의미로 한정하여 닫힌 구조로 만들어버리면, 변화무쌍한 현실에서 현기증을 느낀다. 나의 기대와 다른 일이 너무 많이 벌어진다. 수용할 수 없는 것이 많아지고, 감정적으로 장벽에 갇히기도 한다. 세상 모든 것은 열린 구조로 되어 있다. 자유롭게 수정할 수 있고 재해석이 가능하다. 어느 한 개념도 사람에 따라 다르고, 인간관계란 그 차이에서 오는 괴리감을 즐기는 것이다. 나라는 사람 자체도 열린 구조로 되어 있다. 정리정돈을 위해 생각의 칸막이를 너무 많이 설치했다면, 하나씩 치워보라. 존재하지도 않는 본질이라는 것이 망상이 되어 무거운 무게감을 갖고 마음 속을 차지하지만, 사실 아무것도 없는 공백일 뿐이다. 열린 구조는 그에 대한 깨달음을 준다.

아무것도 제한하지 않고 변화의 가능성을 전제한다면, 갑자기 찾아온 작은 자극에 인생이 흔들리지 않는다. 원인과 결과는 사실 서로 다른 객체이다. 어떤 사이도 아니다. 특정한 결과가 따랐으면 그 다음에 필요한 건 원인을 찾는 게 아니라 생각의 유동성이다. 원인을 찾는 것은 책망을 하기 위해서다. 언제나 과거에 있는 원인을 폭탄처럼 여기고 제거한다는 게 어떤 의미가 있을까? 생각의 유동성을 확보하기 위해서는 열린 구조를 활용해야 한다. 시간의 흐름에 따라 변모 양상을 살피는 것도 의미는 없다. 누구나 시간성을 겪지만 변모 양상은 다 다르다. 사람의 정신에는 영원히 닫히지 않는 열린 문이 있어야 한다. 어쩌면 그 문은 한번 들어가면 다시 나올 수 없는 그런 문이다.

변증법

변증법은 간단히 '정반합'으로 되어 있다. 정은 일반적인 것이고, 반은 그에 반대되는 것, 합은 둘은 합친 것이다. '반'은 안티테제라고도 부르는데, 현실적으로 이 '반'이라는 존재와 공존할 수 있을까? '반'은 내 편이라고 할 수 없고 적대시하는 관계에 있다. 학교에서 친구를 사귈 때도, 사회에 나가서 일을 할 때도 '반'은 수두룩하게 깔려 있다. 누구도 적과 가까워지지 않으려고 한다. 멀리 한다. 그 사람이 적이 아니라 내 편이라는 확신이 들면 그때부터 마음도 터놓고 잘해준다.
적을 대접할 수는 없다. 주시하고 경계하고 트집을 잡
는다.

그럼에도 이 '반'이라는 존재들과 융화해야 한다.
'반'이 없이 그저 모든 것이 다 내 편으로만 되어 있고
내 입장만으로만 구조화되어 있다면, 편향적이고 반
쪽짜리일 뿐이다. '반'의 시각에서 본 피드백이 없다
면 큰 구멍을 가지고 있을 수 있다. 처음에는 티가 안
날 수 있으나 나중에 엄청난 인생의 대가로 다가올 수
있는 것이다.

인생에서 '합'에 이르는 순간이 몇이나 될까? 대부
분은 '반'을 접하지도 않고, 혹은 만났다고 해도 피하
거나 좋게 흘려보내는 식으로 마무리한다. '반'과 만
나서 끝장을 보는 게 얼마나 감정 소모이고 시간 낭비
인지, 학창 시절의 경험을 통해 알 수 있다. 많이 싸워
보고 대립해보면, 그것이 소용없는 행동이라는 것을

깨닫게 된다. 그래도 내 편으로 끌어들일 도량은 아무나 갖는 게 아니니 나와 결이 맞는 사람과 어울리려고 하고, 그렇지 않은 사람은 소외를 시킨다. 이것도 자기 보존의 욕구다.

사소한 행위부터 중요한 결정을 할 때 항상 정반합의 논리로 대입해 보면 좋다. 어떤 일을 시도하고자 할 때 발품을 팔아 '정'을 만들어놓으면 그 이후에 '반'이 도사린다. 많이 망설이는 이유, 생각만 하다 그만두는 이유, '반'이 만드는 설득력 때문이다. 실제로 '반'이 긍정적으로 작용하여, 다가올 암울한 미래를 예방하기도 한다. 내가 스스로 설정한 '반'은 근거 없는 두려움으로 허상으로서 존재한다. 그러니 실재하는 사람이 '반'으로서 작용하면 훨씬 더 다이내믹하게 작용한다. 드라마도 주인공과 악역이 서로 어우러지다가 합에 이르는 과정이다.

관심사가 비슷한 사람들끼리 모이고 소통하지만,

진짜로 필요한 사람은 반대되는 사람들이다. 놀랍게도 살아가면서 꼭 필요한 사람이 나를 싫어하는 사람, 내가 싫어하는 사람이다. 인생의 중요한 기점에는 언제나 그런 존재들이 자리하고 있다. 그래서 불편한 회상, 잊지 못할 기억으로 남는다. 신경 쓰이고 불편함을 초래하는 존재들이다. 그럼에도 나와 다른 사람에게 끌리는 일이 있다. 이런 '반'적인 요소들이 평범한 나날들에서 도약하고 인생의 물꼬를 새롭게 트는 기폭제로 작용한다. 비록 대립했던 사람들과 관계가 영원히 파국에 닿더라도, 누구도 옮기지 못할 거대한 인생의 흐름은 적과의 소통을 통해서 이루어진다. 그것이 싸움의 과정에서 이해의 과정으로 넘어가든, '합'에 이르고 그동안 내가 찾던, 그 목표에 도달했음을 알게 된다. '반'에 감사할 수 없으니 나 자신에게 감사하게 된다.

왼손과 오른손의 시학

누구나 두 손으로 살아간다. 왼손과 오른손에는 각자의 역할이 부여되어 있다. 대부분의 사람들은 오른손으로 글씨를 쓴다. 그림도 오른손으로 그린다. 칼질도 오른손, 삽질도 오른손, 거의 모든 일은 오른손이 한다. 책상도 거의 오른손잡이를 위해 설계되었다. 왼손은 오른손을 보조하는 역할을 한다. 두 손을 올려 바라보면 왼손이 더 예쁘다. 그래서 반지나 팔지도 왼손의 몫이다. 일하는 오른손에게는 약간 거추장스럽다. 혼자 매니큐어를 바르면 오른손이 바른 왼손은 깔끔하게 발라지고 왼손이 바른 오른손은 그만큼 완벽하지 못하다. 일하는 손인 오른손은 그 일에 맞게 형태가 조금씩 변화된다. 글씨를 맞이 쓴 오른손 중지는 펜대와 접촉으로 불룩하게 솟은 모습이다. 주사를 맞을 때는 왼팔에 맞는다. 피아노를 칠 때 왼손은 화음을 담당한다. 오른손은 멜로디를 담당한다. 화음은 꼬리를 물 듯이 일정한 규칙을 가지고 반복되는 것이다. 사람들은 주로 멜로디를 듣는다. 멜로디에는 전달하고자 하는 메시지가 있다. 왼손은 조화이고 오른손이 주도한다. 오른손을 다치면 글씨를 쓰기 어렵게 되고 일하기 어려워서 매우 불편해진다.

왼손과 오른손은 균형을 이루어야 하지만 사실 그렇지 못한다. 어느 한 쪽으로 기울어져 있다. 왼손과 오른손은 비슷하게 생겼지만 똑같이 생긴 것은 아니다. 손금이나 손톱의 모양이 모두 다르다. 두 손은 사실 서로 대치되는 사이이며 불균형을 이룬다. 우뇌와 좌뇌가 서로 다른 것과 비슷하다. 왼손도 오른손도 그에 부여된 본질은 없다. 위치에 따라 오른손, 왼손으로 불리는 것이며 그에 맞는 행위가 주어지는 것이다. 오른손에게는 능숙함이 왼손에게는 서툼이 새겨진다.

오른손은 언어적이다. 반면 왼손은 비언어적이다. 오른손은 이성적이며 왼손은 감성적이다. 오른손은 미래로 향해 있고 왼손은 과거를 바라본다. 오른손은 사랑을 향해 있고 왼손은 미움을 향해 있다. 그래서 무의식은 왼손에 있다. 왼손과 오른손은 하나의 몸에 연결되어 있다.

사랑하지 않으면서 집착이 가는 일이 있다. 그 경우 집착을 받는 사람도 괴롭고 집착을 하는 사람도 마음이 안정되지 못한다. 그 이유는 그 사람이 인생의 왼편에 있기 때문이다. 누군가와 손을 잡을 때 내가 왼손으로 잡으면 상대방은 오른손으로 잡아야 같은 방향을 볼 수 있다. 서로의 왼손끼리 맞잡지 않는다. 자석의 n극과 n극이 서로를 밀어내는 원리다. 서로의 왼손을 잡기 위해서는 한 사람이 뒤로 돌아서야 한다. 그러면 각자의 시야가 달라진다. 내가 왼손으로 잡은 그 사람은 나를 오른손으로 받아들인다. 그래서 사람 사이에는 언제나 마찰이 생길 수밖에 없다. 내 모든 감성과 비언어화된 의식을 타인은 명징한 이성과 언어로서 받아들이기 때문이다. 묘한 끌림과 더불어 결국에는 파열음이 생기는 구조다. 누군가에게 못된 사람이 또 누군가에게 귀한 사람이 되는 것도 그 사람을 나의 오른편에 두었기 때문이다.

나는 한때 사랑하는 사람이 있었다. 그 사람은 정말 많이 나를 사랑했다. 하지만 나는 나의 위치가 그 사람의 왼편에 있다는 것을 알게 되었다. 나는 오른편으로 가고 싶었지만 그럴 수 없었다. 그 위치는 내가 정하는 게 아니다. 그 사람이 혹은 그 사람의 운명이 그렇게 정했다.

왜 왼쪽에 서는가. 그것은 오른쪽을 차지하는 다른 이가 있기 때문이다. 자리는 언제나 한정적이고 공석이 생기기 전까지는 기다려야 할지 모른다. 비어있는 오른편이라도 처음부터 왼편으로 정해지기도 한다. 그냥 왼편이다. 오른쪽으로 갈 수 있는 왼쪽이다.

비고정성의 미학

한 번쯤 독한 상처를 받아본 사람은 더 이상 상처받
는 삶을 원치 않는다. 자기 보호를 위해 일정하게 벽
을 친다.

관계는 정의된다. 친구관계, 연인관계, 그냥 아는 사
람. 이 관계의 틀이라는 게 상당히 고정적이다. 틀속
에 놓이면 어떤 고정성 속에서 부여되는 것들이 있다.
친구라서 하는 말, 친구라서 해야 하는 행동, 연인이
라서 생기는 권리 등 말이다. 사람은 누구나 그 자체
로 존재하지 못한다. 직업으로 존재하고 관계로서 존

재한다. 선생님, 선후배, 동네 사람 등 관계로서 서로를 정의한다. 누군가는 나를 친구로 대하고 누군가는 나를 후배로 대하고 누군가는 나를 제자로 대한다. 그 암묵적 틀 속에서 위치에 맞게 행동하고 말한다. 나는 후배니까 이렇게 말해야 해, 나는 제자니까 이렇게 말해야 해, 틀이 있는 한 틀에서 벗어난 행동은 하지 않는다. 틀은 고정적이고 견고한데 실제로 감흥은 그에 미치지 못하는 경우가 많다. 그냥 뼈만 남듯이 틀만 있는 관계도 있다. 완숙한 감정이 없이 틀 속에서만 있다 보면 부딪히고 관계에 회의를 느끼기도 한다. 비록 진실한 감정이 없다고 해도 그 틀이 무너지는 것에는 충격을 받는다. 애정 없는 결혼 생활이라고 해도 이혼을 하면 큰 자극이 되고, 데면데면했던 친구 사이라도 절교를 하면 허망해진다. 누구든지 관계로 만든 틀을 보존하려고 한다. 또한 진실한 감정 없이도 틀만 구축하려는 이들도 있다. 틀을 만들려는 의지를 사랑이라고 착각하기도 한다.

그런데 틀이 무너지면서 느꼈던 충격이 너무 클 때는 더 이상 새로운 틀을 원치 않을 수 있다. 아픈 연애가 끝나고 이별이 준 상심이 크다면, 누군가를 새로 만날 수는 있어도 이전처럼 너무 많은 의미를 두기가 싫어진다. 특히 사랑의 상처가 덜 아문 상태로 새로운 상대를 만나면, 지금의 행복감을 이전의 상실감에 대한 공포심이 참견한다.

연애를 하면서 서로를 연인으로 규정하지 않을 수 있다. 동거를 하면서 서로를 부부로 규정하지 않을 수 있다. 서로를 '반려'로 칭하는 명확한 언술만 없으면 얼마든지 가능하다. 사귀자는 말 없이 스킨십을 해도 말이 없었으니까 즉, 언어가 빠졌으니까 연인은 아니다. 틀은 언어로 만들어지는 것이다. 틀이 없이 만나고 싶어 하고 어느 날 틀이 없어진다고 해도 충격을 받지 않고 아무렇지도 않게 수용하고자 하는 것이다. 엉뚱하지만 이별이 너무 두렵고 무서워서 그런 것이다. 감정의 소멸은 두려워하지 않는데, 틀의 소멸을 상당히 두려워한다. 감정은 조용히 없어지고 틀은 절연, 절교, 이혼 등의 방법으로 요란하게 없어지기 때문이다. 그런데 틀이 사라지면 생각과 감정이 바뀌기도 한다. 가령 연인 사이가 해소되고 나서야 내가 그 사람을 진짜로 사랑했음을 알게 되는 경우가 그런 예다.

감정의 밀도가 높아지면 틀을 욕망하게 된다. 내가 그 사람에게 특별한 의미가 되고 싶고, 그 사람은 나 아니면 안 될 것처럼 내가 중요한 사람이 되어야 한다. 나는 그 사람을 다 가지고 싶고, 그 사람 속으로 들어가고 싶다. 이 사람이 아니면 안 될 것 같은 강렬한 느낌. 이것은 사랑이지만, 이런 감정은 상대방으로 하여금 도망을 가게 한다. 그러니 감정의 밀도와 온도를 낮춘다. 언제든지 평정심으로 되돌릴 수 있도록 세팅

한다. 결국에는 이별을 피하기 위해서 조절을 하는 것

이고 틀로써 규정하지 않는 것이다.

역할

태어나는 순간부터 역할이 주어진다. 자식의 역할, 친구의 역할, 제자의 역할, 연인의 역할, 배우자의 역할 등. 모든 관계는 나의 의지와 상관없이 주어지기도 하고 그에 맞게끔 말하고 처신해야 한다. 대인관계가 어렵다고 느끼는 것은 역할이 맞지 않는 말과 행동이 나타날 때 그러하다. 모든 역할에는 기대심리가 있고 그에 부응하는 태도가 있다.

인생을 살아가는 것도 배역을 따는 일이다. 선배로서 살아가는 일, 후배로서 살아가는 일, 연인으로 살아가는 일, 친구로서 살아가는 일. 절연이 발생하면 배역을 잃는 것이다. 친구의 역할, 연인의 역할 등에서 배제되는 것이다. 또한 절교가 하고 싶고 이별을 택하는 것은 스스로 그 배역을 내어놓는 것이다. 더이상 그 역할이 하고 싶지 않은 것이다. 또한 누군가를 사랑하는 것도 그 사람의 연인 역할이 하고 싶은 것이다.

어떤 역할이 주어지면 그것을 수행하면서 자신이 만들어진다. 누가 대사를 써주지 않아도, 친구가 할 말, 연인이 할 말, 선배가 할 말은 범주가 정해져 있다. 그 테두리를 벗어나면 역할에 충실하지 못해서 역할에서 박탈당할 수 있다. 부모 같지 않은 말, 친구 같지 않은 말, 선생님 같지 않은 말을 들으면 더 이상 그 관계를 유지할 수 없고 서로의 역할을 다할 수 없게 된다. 역할에서 벗어나면 필요없는 사람으로 치부되어 허탈해지고 자존감이 떨어진다.

어떤 역할이 주어지면 그 역할에 충실하게 살아가면서 인생을 구성해 나간다. 취업을 하는 일도 그렇다. 취업도 배역을 따는 일이다. 자신의 포지션에서 충실하게 수행한다. 그보다 더 좋은 역할이 있으면 옮길 수도 있다. 그런 경우가 아니라면 자신의 배역을 잃는 것을 원치 않는다. 자리에 따라 말과 행동이 달라진다. 사람은 역할을 따기 위해 노력한다.

배우자가 이혼을 원하는 상황이 왔다면, 당장 그 사람이 없는 삶을 그려보기에 앞서 더 이상 누군가의 남편 혹은 아내 역할을 할 수 없음에 상실감을 느낀다. 그 사람과 함께 해서 의미가 있는 것이 아니다. 내가 그 역할을 더 수행할 수 없음에 슬픔을 느낀다. 어떤 역할이 주어지면, 누구나 진실로 임한다. 내가 타자가 된 것처럼 낯설게 움직이지 않는다. 단지 그 역할을 계속 수행하고 싶은 욕망에 의하여 새로운 배우자를 확보하기도 한다.

엄마로서의 역할에 만족스러울 때가 있다. 집안일을 하고 아이를 돌보고 살림을 이끌어가는 일. 아이가 행복한지 어쩐지 몰라도 그 일을 수행하는 기쁨 그 자체라는 것이 있다. 엄마라는 범주 안에서 말하고 행동하는 일. 그 역할이 주는 스스로의 의미부여는 상당히 진실하다. 인생은 자신의 역할에 만족감을 느낄 때 행복이 온다.

인생은 스스로 선택해서 살아가지만, 나란 사람은 적절하게 캐스팅되어 살아간다. 새로운 역할에서 쌓은 내용이 경험이 된다. 직업이 바뀌고 자기계발을 하면서 나의 역할은 확장되고 수정된다. 타인이 본 내 역할의 충실도와 내가 내 자신의 역할에 대한 만족도는 다를 수 있다. 타인은 역할에 충실한 사람을 좋아한다. 평판으로 나의 이미지는 만들어지지만, 그것이 진실로 내가 원하는 것인지는 재고해봐야 한다.

혼자가 되고 싶을 때가 있다. 타인과의 관계 속에서

주어진 특정한 역할에서 벗어나는 것이다. 역할을 내려놓고 나 자체로 존재하는 것이다. 더 이상 어떤 역할로서 자신을 구성하지 않는다. 배역 없이 나 자체로 존재하는 일. 가령 한번 결혼해 보고, 이혼한 경험이 있다면 더 이상 배우자의 역할을 하지 않기 위해 재혼하지 않는다. 자신과 맞지 않는 역할을 공석으로 두는 것이다. 나라는 사람의 본질은 유동적인데, 역할을 두고 고정성을 확보한다. 그래도 잊지 말아야 한다. 사람의 마음은 언제든 바뀔 수 있는 것이다.

언제 사랑이 귀해질까?

다시 사랑이 오지 않을 때쯤

더 이상 친구가 생기지 않을 즈음

그 소중함을 비로소 안다.

공기나 햇볕 같이 공짜 같은 것도

사실은 모두 다 유한하다.

망각과 모름, 상상과 회상 사이

　사람과 헤어질 때는 슬픔을 느낀다. 그 사람이 아무리 사소한 사람이라도 그것은 사건이 된다. 이별을 좋아하는 사람이 있을까 싶다. 떠나는 것은 상실을 동반하기 때문에 부정적인 것으로 치부된다. 겉으로는 속시원해도 안으로는 그렇지 않을 수 있다. 왜 이별은 슬프게 느껴질까? 타인과 관계를 이룬다는 것은 타인이 나의 정신적 공간 어느 위치에 존재함을 의미한다. 인연이 다 했으니 이제 타인의 위치를 옮겨야 하기 때문이다. 교류의 지속성이 사라진 사람은 망각의 자리로 옮겨진다. 이제 안 볼 사람, 만나지 않을 사람, 다시 보기 어려운 사람, 세상을 떠난 사람. 어찌됐든 이제 끝난 사람. 그런 사람들은 자동적으로 망각의 자리에 위치한다. 그 자리이동의 힘으로 슬픔이라는 감정을 느낀다. 망각의 공간이 채워지는 것, 그것이 비통함이다. 그렇게 잊혀질 것들은 생기를 잃고 더 이상 생각할 필요가 없는 것으로 치부된다.

그런 반면 처음부터 몰랐던 것이 있다. 알고 있던 것을 잊은 것과 처음부터 모르는 것은 다르다. 처음 접하는 생경함은 모름이다. 모름은 아무도 걷지 않는 눈길처럼 순수하다. 그리고 눈 속에 숨겨진 깊이를 알 수 없는 것처럼 막연한 것이다. 모르는 것과 망각된 것을 이어주는 것이 기억이다. 기억이라는 수행을 통해 망각은 고요함을 깨고 자극 받는다. 몰랐던 것이 진짜로 몰랐던 것인지 스스로 자문하게 된다. 또한 기억이란 정말 믿을 만한 것인지 의심해보게 된다.

생각을 필요해서 수행하듯, 망각도 필요해서 수행하는 것이다. 늘 생각하기를 강요하기 때문에 망각의 중요성을 간과하기 쉽다. 생각하고 말하고, 생각하고 행동해야 한다. 생각 없이 저지른 일에 문제가 생기지 않도록 항상 재고해야 한다. 생각은 깨어 있는 정신처럼 일상적이지만, 망각은 실수처럼 여겨져 미안하거나 부끄러운 일이 된다. 한번 알게 된 것은 더 이상 무지의 영역에 해당되지 않기 때문에 망각의 영역에서 맴돈다. 그렇다면 망각은 생각의 반댓말일까? 아니다. 망각은 생각의 또다른 형태다. 지워진 생각이다. 지워진 것으로 위장된 생각.

기억은 상상과 회상의 방식으로 수행된다. 과거의 일을 떠올릴 때 내가 주인공이면 회상이고 남이 주인공이면 상상이다. 마치 허구처럼 직조되어도 사실은 회상보다 더 진실성을 띄고 있는 것이 상상이다. 내가 아닌 다른 사람을 주인공으로 내세운 상상이라고 해도 결국은 자신의 이야기를 하게끔 되어 있다. 모든 것은 나의 무의식이 주도한다. 자신의 경험, 자신이 생각이 녹아들며 리얼리티가 생긴다. '다른 사람'으로 상정한 그 존재는 결국 또 다른 자신이기 때문이다. 인간이 상상을 하는 이유는 망각의 벽에 사로잡혔기 때문이다. 감정은 파도처럼 넘실넘실 그 벽을 타고 오르내린다. 끝이 보았으니 그 이후는 없다. 더 이상 치고 들어가지 못하면 환상이 나타난다. 아주 생생한 환상. 언젠가 본 것 같기도 하고 안 본 것 같기도 한 시각적 이미지.

살아가면서 어느 정도 인생의 기점에 접어들면 반드시 해야 하는 것이 회상이다. 과거는 바꿀 수 없다. 그러나 과거를 회상하는 것과 회상하지 않는 것에는 차이가 있다. 회상에 따라 미래가 바뀌기 때문이다. 망각은 회상을 방해한다. 망각은 잊혀진 것들을 더욱 감춘다. 생각하는 건 이리저리 에너지가 쓰이지만, 망각은 그렇지 않다. 아무것도 안 하면 되니까 쉽다. 슬픔을 기피하는 본능 때문에 더 이상 시도하지 않는다. 그러나 망각된 공간을 일정하게 정리하지 않으면 나중에 더 큰 슬픔이 온다.

인생이란 모름과 망각, 회상과 상상 그 사이에 있다. 나는 원치 않아도 누군가의 망각의 공간에서 배회하고 있을 수 있다. 언젠가 회상의 기회로 이 공간에서 벗어날 수 있기를 기대하면서 일상을 살아갈 수 있다. 내가 한때 만났으나 그리고 어떤 의미를 새겼으나 더 이상 만나지 않는 사람의 정신에서는 가능한 일이다. 시간이 흘렀으되, 마지막으로 본 그 시절의 모습으로 말이다. 생각에는 시간이 흐르지만, 망각에는 시간이 멈춘다. 회상은 과거로 떠나지만, 상상은 미래로 떠난다. 기억은 때로 꿈꾸던 것들로 만들어져 떠돈다.

데카르트는 말했다. "나는 생각한다. 고로 존재한

다."

　필자는 이렇게 말하고 싶다.

　"나는 망각한다. 나는 누군가에 의해 다시 출현한
다."

어째서 나는 그에게 그토록 상처를 주고도

별것 아닌 것으로 생각하게 되었나.

그가 날 기억도 하지 못할 거라고

기대하게 되었나.

비어 있는 삶과 충만한 삶

겉보기에 화려한 삶이 있다. 저런 삶을 살면 만족스
럽겠구나, 문득 생각하게 된다. 타인이 보기에 그럴듯
해 보이는 삶. 타인의 욕망을 실현하는 삶. 어쩌면 모
두가 바라는 삶이 아닐까 한다. 내가 하고 싶은 것, 내
가 원하는 것은 규범에 맞지 않아서 무시하고 타인의
인정과 존경이 따르는 선택을 하며 살아간다. 한가운
데가 비어 있는 채로 겉으로만 화려한 그런 삶은 흔
히 존재한다. 성공한 사람으로 비치면 복잡한 속내를

이야기 할 곳도 없다. 말이란 새어나가면 독으로 돌아오는 법이니 말조심을 해야 한다. 은근슬쩍 속 이야기를 해도 다 좋은 방향으로 들어주고 문제 삼지 않는다. 겉모습에서 모든 인상을 받았으므로 내부를 들여다보려고 하는 사람조차 없다. 그것에서 오는 고독감, 때로는 사무치지만 가슴 깊이 끌어안는다. 비어 있는 중심에 관해서 사유하지 않으면 그대로 존재감이 없어지고 덤덤해진다.

자기 자신에게 충실한 삶이 있다. 누가 어떻게 보든지 시선에 신경 쓰지 않고 스스로 원하는 것을 향해 나아간다. 때로는 엉뚱하고 때로는 모험으로 거침없이 원하는 것을 향해 나아간다. 그러한 과정에서 비판을 받기도 하고 부러움을 사기도 한다. 타인의 욕망을 실현하는 삶이 아닌 나 자신의 욕망을 실현하는 삶. 내 안의 목소리에 귀를 기울이며 사랑과 같은 감정을 직관적으로 표출하는 삶. 겉은 허접해도 속은 꽉 차 있는 삶, 그런 삶도 있다. 나 자신에 관하여 사유할 때에도 어떤 괴리감이 존재하지 않는다. 사람들은 이런 삶을 갈구하지 않는 대신, 대리만족을 한다.

어떤 삶을 살든 인생의 뼈대는 다르지 않다. 본질이란 존재하지 않으며 그때그때 만들어나가는 것이기에 삶의 방향이란 모두에게 일정한 것이다.

꿈은 자신에게 충실한 삶에서 이루어진다. 타인의 욕망을 백번 실현해 봐야 사실 온전한 내것이 될 수 없다. 또한 겉으로 표출된 화려함을 상실한 날에는 더 이상 자신의 존재 가치를 찾지 못한다. 그 자체로써의 초라함과 허망함을 견디기 어렵다. 꿈이라고 허황된 것이 아니다. 속이 차 있으면 자기에게 맞는 꿈을 꾸고 이루고 존속시킨다. 꿈은 이루고 나서 사라지는 것이 아니다. 계속해서 만들어지는 것이다.

더 이상 노력하지 않는 일

권위는 이렇게 존재한다. 더 이상 노력하지 않기 위해서 존재한다. 만일 권위라는 게 없으면 매번 지독한 노력을 해야 한다. 후발주자들과 동일선상에서 엄청난 경쟁에 놓이게 된다. 치고 들어오는 새로운 강적들을 버텨낼 자신이 있는가. 어느 정도 위치와 위상을 확보해 놓으면 처음 시작할 때와 같은 열정과 노력을 들이지 않게 된다. 그 위치에 묻어가서 에너지를 적게 쓰고 위상에 맞는 존경을 받으려고 한다. 그래서 권위라는 큰 그림자 속으로 들어가는 것이다.

노력하는 일이 얼마나 어려운가. 초심으로 살아야 한다고 생각하기는 쉬우나 어떻게 매번 그렇게 살아가겠는가. 앞으로 할 일보다 지금껏 쌓아놓은 것들로 버티고 싶다. 새로 시작하는 사람에게는 경력이라는 것이 없으니 선행자를 이기기 어려울 테니 말이다. 새롭게 쏟아지는 것들이 정말 많다. 무한경쟁에서 벗어나서 일정하게 자리보전을 하려는 것이 권위이다. 그러니 권위는 게으른 것이고 시대착오적인 것이고 뒤처지는 것이다.

이제는 권위가 그다지 통하지 않는다. 일정한 위치를 이루어놓아도 그 유지 기간이 짧다. 조금이라도 게을러지면 얼마 지나지 않아 도태되기 십상이다. 일정한 인맥에 둘러싸여 일정한 위치를 만들어서 버티는 것이 어려워졌다. 사실 그러한 자리를 확보하기 위해 노력을 해왔겠지만 그러한 안일함은 이제 통하지 않는다.

안주할 수 없다. 게으름은 통하지 않는다. 일도 사람 사이의 관계도 모두 그렇다. 권위가 홍보 수단으로 전락한지 오래 되었다. 인생이란 그 자체가 살아있는 생물처럼 변화하는 것이다.

본질은 허구다

사람들은 본질과 본색이라는 것을 좋아한다. 그것들에 진실성이 있다고 생각하기 때문이다. 그것은 과정이 아니라 결론이며 궁극적인 것이라고 여겨진다. 따라서 자신이 발견한 본질을 상당히 신뢰한다. 그러나 그 본질이라는 것은 처음부터 존재하지 않았다. 때로는 오해로 해석된 것이며, 지극히 한 단면을 보았을 뿐인데 그것을 전체적인 의미가 있는 것으로 받아들이기도 한다.

따라서 본질이란 일정하지 않으며 사람들마다 수용하는 척도와 방법이 다르다. 그러니까 본질은 상당히 상대적인 것이다. 그럼에도 과정을 무시하고 결론에 가까운 본질만을 찾아서 나서는 건 소기한 목적을 이루기 어려울 뿐만 아니라 깨달음을 얻은 그 순간이 상당한 착각일 수도 있는 것이다.

본질은 없다. 본질이 없는 이유는 절묘한 어느 한 부분을 보고 본질이라고 생각하기 때문이다. 모든 것은 입체적이고 많은 면을 가지고 있으나 사람은 자신의 시야에 따라 어느 한 부분만 바라본다. 많은 사람들이 웅성웅성 떠드는 가운데에도 내가 듣고자 하는 소리만 크게 들리는 일이 있다. 그런 것과 마찬가지다. 전체에서 내게 다가온 어느 일부분, 그 쨍한 순간을 본질이라고 생각하는 것이다.

가령 한 사람을 두고도 많은 사람들의 평은 다를 수 있다. 누군가에게는 다정한 사람, 누군가에는 무례한 사람, 누군가에게는 책임감 없는 사람일 수 있다. 그렇다면 본질은 무엇인가? 타인이 한 인간의 본질을 정의할 수 있는가? 타인은 자신과 맞닿은 부분에 한하여 그 사람의 본질을 논한다. 때로는 그것은 담론으로 형성되어 마치 그 사람이 전부인 양 프레임이 씌워지기도 한다.

본질이라는 한 점. 그리고 핵심적인 그 단면에 속아서는 안 된다. 사람은 다양성을 내재하고 있고 유연하게 바뀔 수 있다. 사람이 바뀌지 않는다는 착각은 대화 속 오류이며 사실 상당히 그러한 반응을 이끌어 내도록 유도한 것이다. 생각은 흐르는 것이고 바뀌는 것이고 만들어지는 것이다.

많은 좋은 것들 중에 한 가지 불편한 것을 확대해서 기억한다. 사람의 본질도 그런 식으로 정의되어서는 안 된다. 그것은 어떤 조작된 의도에 의해서 얼마든지 변질될 수 있기 때문이다. 내가 좋다고 생각한 사람에게도 내가 모르는 이면이 있고, 내가 싫어하는 사람에게도 따뜻함이라는 게 있다. 그렇다면 무엇이 본질인가?

본질은 존재하지 않는다. 생각은 아웃포커싱된다. 하나에 초점이 맞춰지고 나머지는 흐려진다. 내가 본 특별한 것을 본질이라고 착각하지만, 그에 가려져서 보지 못한 것에도 분명한 의미가 있다. 세상을 움직이는 힘은 내가 보지 못한 것들, 분명히 드러나 있지만 초점화되지 못한 것에서 나온다.

너의 한마디가

나의 인생을 바꾸었다.

모든 것은 한마디를 한 너 때문이었을까.

아니면

그 한마디로 인생을 바꾼 나 때문이었을까.

파토스

내가 나와 대화하는 것, 중요하다. 생각을 정리할 수 있고 필요한 것과 그렇지 않은 것을 구별할 수 있다. 혼자서는 생각을 적극적으로 생산할 수 없다. 인풋은 타자와의 소통에서 비롯된다. 나와 타자와의 소통. 사람과 사람이 만나서 대화를 하고 감정을 교류하는 일, 이것이 일상적인 것 같아도 이러한 소통을 통해 사람은 발전을 하고 미래의 기틀을 세운다. 바로 사람과 사람 사이에 '파토스'가 작용하기 때문이다. 사람은 파토스를 통해서 성장하고 앞으로 나아간다.

원래 파토스는 아리스토텔레스 용어로, 호소력 있는 감정을 뜻한다. 나의 영향력으로 인해 상대방이 감정적으로 설득을 당하는 것이다. 다른 사람 마음을 흔들어놓는 것이다. '흠모한다', '반했다' 등 타인으로 인해 어떤 강렬한 감정을 느끼는 것이다. 원론적인 의미를 넘어 삶에 다양한 의미로 적용해 볼 수 있다. 사람을 마주하다 보면 웃는 일도 있고 지루할 수도 있다. 언어적 소통과 표정, 몸짓 등의 비언어적 소통을 통해서 특정한 감정을 가지게 된다. 내가 나를 만나서는 느낄 수 없는, 반드시 타자와의 교류를 통해서 얻게 되는 것이다. 눈길이 가고 마음이 가는 사람, 스며들게 되고 애착이 가는 사람, 그런 사람이 생기는 이유는 파토스의 작용 때문이다. 당연히 부정적인 파토스가 있고 긍정적인 파토스가 있다. 소통을 하면 어긋나기도 하고, 빠져들기도 한다. 당연히 긍정적인 파토스를 형성하려고 노력해야 한다. 파토스는 크고 작은 선택을 하는 데 영향을 미친다. 타자로부터 파토스를 받으면 나의 생활패턴이나 가치관이 기존과 다르게 조금씩 변화하게 된다. 그래서 좋은 사람을 만나야 하는 것이다. 그 사람에게서 받는 감정적 영향력이 내 삶을 움직이기 때문이다.

파토스는 대면하여 타자의 이야기를 경청하면서 만들어진다. 말의 내용, 표정, 말의 빠르기, 옷차림, 태도 등 다양한 요소가 파토스를 일으킨다. 파토스의 포문을 여는 첫 번째는 공감이다. 공감을 하면서 다른 사람의 이야기에 나를 대입시킨다. 그리고 대리만족의 경험을 통해 생각을 전환한다. 강단에서 마이크 잡은 강연자에게만 파토스가 생기는 것이 아니다. 일상적인 예로, 쇼핑을 하러 갔을 때, 용모가 깔끔한 직원이 전문가다운 매너 있는 태도로 내가 필요한 정보 위주로 안내를 하면, 나는 파토스를 느끼게 된다. 호감을 느끼고 믿고 맡기게 되며, 그가 권유하는 추가 상품을 눈여겨 보고 경쟁 업체에 갈 필요성을 못 느끼고 타깃으로 보여진 제품 구매에 설득당한다. 입시설명회, 홈쇼핑 등 경청을 요구하는 자리에서 파토스가 거론된다. 파토스 형성이 확실하면, 고객으로서 어느 가게에 가도 눈도장 찍어 둔 직원을 호출하는 경우가 있다. 단골이 된다는 것은 파토스 없이는 불가능하다. 공감, 믿음, 편안함 모든 것이 있다. 이처럼 파토스 활용에 강하면 사업에 성공한다. 가령 이런 문구에서 강한 파토스를 느낀다. "오늘까지 반값세일" "치킨 1+1 9900원 선착순 100명 한정." "오후 2시까지 공기밥 무한리필." 파토스는 시선을 끌고 정동을 일으킨다.

살아가면서 잘 보여야 할 자리가 참 많다. 소개팅을 나갔는데 이상형이 나왔다. 그러면 대화의 주도권을 가지고 상대방이 파토스를 느낄 수 있도록 어필해야 한다. 왜 나를 만나야 하는지, 나를 놓치면 안 되는지 에둘러서 어필해야 한다. 면접장에서도 그렇다. 자기 자랑만 한다고 해서 파토스가 생기겠는가. 보다 좋은 것, 보다 싼 것 등 좋은 조건만 제시한다고 파토스가 생기는 것이 아니다. 파토스를 발휘하려면 청자가 나의 그물에서 빠져나가지 못하게 카리스마가 있어야 하는 것이다.

내가 나를 못 바꾸는데, 하물며 타자를 변하게 하고 타자를 움직이는 것은 얼마나 어려운가. 나는 누군가에게 파토스를 떨치고 있으며, 나 역시도 다른 이에게 파토스를 느낀다. 때로는 싫어하는 사람에게서도 긍정적인 파토스를 얻는다. 나에게 던진 한 마디의 말이 맴돈다. 그러면서 파토스를 만든다. 숙고해보니, 틀린 말이 아닌 것 같아서 나는 가려던 길에서 방향을 돌린다.

인생은 본질적으로 고정되어 있지 않고 끊임없이 수정되는 것이다. 파토스는 자동차 핸들을 돌리듯 방향을 바꾼다. 막연한 인생에서 이정표를 발견한 듯 반가운 것이다.

미완결된 무엇, 미해결된 자리

완성도라는 것을 중요시하며 높게 평가하는 경향이 있다. 처음부터 끝까지 중요한 것은 바로 완성도다! 그런데 이 완성도라는 게 보이는 사람 눈에만 보인다. 사람들은 어떤 조각처럼 아주 일부분만 본다. 생각보다 많은 사람들이 전체를 보지 않는다. 전체를 봐줄 만큼 시간도 없고 여유도 없다. 어떤 특수한 한 장면을 본다고 보면 된다. 60분 방영하는 티브이 프로그램의 시청률이 시간적으로 다른 점이 그러하다. 한정적으로 일부분만 보는데, 기억은 더욱 적은 영역에 가능하다. 그러니 많은 걸 봤다고 해도 사실 조금 본 것이며 그중 아주 특징적인 것에 한해서 기억을 한다.

사람과 사람 사이의 관계, 어떤 일의 수행, 사소한 대화에도 사실 완성도는 그다지 필요하지 않다. 물론 흠이라고 생각되는 부분이 있어서는 안 되지만, 너무나도 완벽을 기하며 마무리를 할 필요가 없다. 보통 사람들 눈에 보이지 않는 게 완성도이다. 보이는 범위까지만 완성도를 추구하면 된다. 보이지도 않은 작은 흠까지 신경 쓸 필요가 없다. 사실 흠도 중요한 게 아니며 가장 돋보이는 것 하나만 크게 밀고 가도 된다. 그러면 다른 건 다 가려지고 내세운 것 하나만 보인다. 간혹 나를 싫어하는 사람이 내가 대충 가려둔 흠을 악착같이 캐내서 나를 공격하기도 하는데, 그건 작정하고 한 일이라 그건 그에 맞게 대처할 일이다.

타인과의 대화에서도 완결을 지을 필요가 없고 다

른 사람들의 이야기에 해결의 실마리를 찾을 필요도 없다. 말은 하다가도 끊길 수 있고, 또 마음이 바뀔 수도 있는 것이며 인간관계는 지속성이 중요하지, 지금 당장의 작은 트러블이 중요한 게 아니다.

사실 모든 것은 열려 있다. 내가 죽어도 이 세상은 계속 된다. 내가 있던 자리, 거리 등 모든 것은 정상화되어 돌아간다. 오래 살던 동네에서 이사와도 내가 없어지든 말든 동네는 잘 돌아간다. 내가 유한한 것이지, 세상이 유한한 게 아니다. 그러니 나 혼자 기를 쓰고 해결을 하려고 하고 완결을 하려는 것은 나 혼자만의 정신 승리이지 실제로 그게 해결이 되었는지 완결이 되었는지는 알 수가 없다.

어떤 갈등이 생기면 그것을 해결 지으려고 노력을 한다. 화해가 최선의 방법이다. 관계가 지속될수록 악영향임을 깨달으면 절연이 답이라고 생각한다. 사실 사람이 트러블을 일으키는 요인이기 때문에 그 사람을 끊어내면 해결이 된다. 절연은 그 시점에 국한된 해결방법이지 나중에 부메랑이 되어 다른 결과로 돌아올 가능성도 있다. 그러니 미해결이다. 이처럼 갈등을 해결하는 과정에서 균열이 생기게 된다. 결국은 갈등을 억지로 해결하려는 노력에서 오히려 문제가 더 꼬일 수 있는 것이다.

미완결, 미해결이 무책임을 의미하는 것은 아니다. 책임감 있게 대하되, 어떤 일은 나 혼자서 완결짓거나 해결 지을 수 없음을 한계로 설정하는 것이다. 또한 다양성과 유동성을 확보하는 일이다. 사람이 단단할 필요가 있는가. 그냥 물렁물렁하게 부드러우면 된다.

리듬

음악을 들으면 기분이 좋다. 음악에는 직관적인 감정이 넘쳐난다. 슬픈 노래를 들으면 슬프고, 흥겨운 노래를 들으면 기분이 좋다. 기획대로 느끼게 되어 있다. 엄청 신나는데 슬픈 노래를 듣고 싶지 않고, 눈물나는데 신나는 음악은 듣기 싫을 수도 있다. 반대로 기분이 나빠서 기분 전환을 하고자 즐거운 음악을 듣고 싶을 수도 있다. 음악의 감정이 전이될 수도 있고 그렇지 않을 수도 있다.

음악에는 리듬과 멜로디, 코드가 있기 때문에 감정을 일으키기 용이하다. 음악에서의 멜로디가 스토리를 이끌어나가는 서사의 역할을 하고, 코드가 배경이 되어 준다면, 리듬은 살아갈 의욕을 일으키는 활력과도 같은 것이다.

자신의 삶에 적응하는 것이 중요하다. 성공한 사람, 나와 상관없는 사람의 이야기가 뭐가 중요한가. 내게 주어진 삶, 이 삶의 가치를 알아보고 충실히 살아가는 게 가장 유익하다. 잘난 사람보다도 내 삶에 어울리는 사람에게 잘해주고 좋은 관계를 유지하는 것이 좋다. 내가 내 삶에 지치지 않는 것, 바로 내 삶에 리듬을 타는 일이다.

말에는 억양이 있고 글에는 문체가 있다. 모든 것에는 일정하게 지문 같은 패턴이 있다. 살아가면서 방향성을 잃고 힘들 수 있다. 주변 사람들로부터 인정 받지 못하고 방황할 수 있다. 지금의 삶에 회의감을 느끼고 혼란스러울 수 있다. 남 보기에 멀쩡해도 스스로 불만족스러울 수 있다. 이런 부정성 때문에 삶에는 리듬이 필요한 것이다.

리듬이 없으면 지치게 된다. 모든 것이 노동이 된다. 옆에 있는 사람하고 잠시 이야기를 하는 것도 노동이고, 간단한 사무 일 처리를 하는 것도 노동이다. 몸을 움직이는 것 자체가 싫어질 수도 있다. 모든 게 귀찮아질 수 있다.

인생에서 어떻게 리듬을 찾을 것인가. 어떤 상황이든 일단 긍정적으로 보고 헤쳐나갈 방법을 모색해야 한다. 그렇지 않으면 걱정의 수렁에 빠진다. 이런 저런 안 좋은 상황을 설정하면서 어떻게 할 건지 생각하지만 답이 나오지 않는다. 해결 방법을 찾지 못하기 때문에 걱정은 더욱 싶어진다. 심리적으로 위축되고 삶은 경직된다. 나의 이익, 내가 원하는 것만 추구해서는 리듬을 타기 어렵다. 전체적인 맥락에 관심을 둬야 한다. 음악에 박자가 있고 강세가 있는 건 일정한 긴장감을 유지하기 위해서다. 인생의 리듬에 몸을 맡기고 능동적으로 사는 것, 지금부터 당장 가능하다.

불륜과 사과

세상에 관해서 미안함을 가지고 살아가는 사람이 있고 평소에 분함을 애써 참고 살아가는 사람이 있다. 세상에 미안함을 가지고 자신의 치부를 애써 숨기며 모든 사람들에게 따뜻하고 친절하게 대하는 사람. 그리고 이야기를 나누면 나눌수록 빈정 상하게 하는 사람도 있다.

스무 살 초입 A는 유부남인 직장 상사와 사랑에 빠졌다. 딸이 있는 그를 빼앗았고 그의 아내가 되었다. A는 자신의 잘못을 알고 있었지만, 그를 너무 사랑했기에 어쩔 수 없었다. A는 아름답고 친절하고 따뜻한 사람이었다. 누구든 그녀와 이야기를 나누면 기분이 좋고, 그녀와 오래 있고 싶고, 시간이 날 때마다 또 만나서 커피를 마시고 싶은 그런 사람이었다. 그녀는 왜 그렇게 좋은 사람이었을까? 사실 그녀는 자신의 잘못을 알고, 세상에 미안함을 가지고 살아가는 사람이었다. 사랑해서는 안 될 사람을 사랑해서 남의 남편을 빼앗고, 다른 여인에게 크나큰 상처를 준 가해자였다. 자신의 잘못을 너무나도 잘 알고 있던 A는 그 일이 이제는 다 지난 일이 되어 누가 잘못을 추궁하지 않아도 언제나 속죄의 마음으로 살아갔다. 그래서 잘못을 비는 대신 다가오는 사람들에게 친절하게 대하고 따뜻한 말을 건네 주었다. 그녀는 요리를 잘했는데 태도도 겸손했다. 저렇게 매력적인 사람이니, 유부남인 남자도 그녀에게 빠졌구나 싶을 정도였다. 만일 처음부터 그녀의 비밀을 알았다면, 그녀를 비난할 수도 있겠지만, 이미 그녀와 친해진 뒤에는 그녀가 어떤 과거가 있든 친구들은 그녀를 아끼고 좋아하게 되었다.

그런 반면, 깊이 대할수록 기분 나쁘게 만드는 B가 있었다. 그녀는 자주 남을 깎아내리고 잘난 척을 하는 불편한 사람이었다. 그래도 이해하고 포용하려고 해도 B의 그러한 기질은 바뀌지 않았다. 그건 타자들이 노력한다고 되는 일이 아니었다. 집 앞 마트에 갈 때도 화장을 하고, 식료품은 유기농 제품이 아니면 안 사는, 까탈스럽고 꼬장꼬장한 성미였다. 늘 부자인 척 자신의 위신을 세우기 바빴기에 잠시 그녀와 차를 마시기라도 하면 기 빨리고 지치기 일쑤였다. 많이 만나도 정이 들지 않는, 그런 사람이었다. 어떤 때는 그녀가 남긴 기분 나쁜 말 몇 마디가 생각이 나서 며칠 동안 냉가슴을 앓을 정도였다. 그럼에도 그녀는 늘 당당했다. 그녀가 그렇게 까칠한 태도를 가지게 된 것은 그녀가 겸손하지 않기 때문이 아니었다.

그녀의 남편에게는 늘 애인이 있었다. 애인은 자주 바뀌었고 남편은 그녀를 여자로 대하지 않았다. 대신 남편은 늘 그녀에게 일정한 생활비를 건네서 아이들을 키우는 데 무리가 없었다. 남편의 지속적인 외도를 알고 있었지만, 이혼할 수 없었다. 늘 다른 여인과 잠자리를 가지는 남편과 가족을 살아간다는 게 그녀가 말할 수 없는 참담함이었다. 이혼할 경제력, 이혼할 용기가 없이 주어진 상황을 받아들이며 살아가야 했다. 남편은 가족을 부양하는 것으로 자신의 소임을 다했다고 생각했다. 그래서 늘 울분이 있었고 억울했다. 잘못은 남편과 그의 애인들에게 있었다. 그녀는 피해자였고 그래서 당당했다. 그러한 당당함이 그녀로 하여금 오만한 태도를 가지게 했다. 극심한 스트레스에 시달리던 그녀는 자신도 모르게 분풀이 아닌 분풀이를 일상적인 대화에서 섞어서 하게 되었다. 가정사와 상관없는 사람에게도 때아닌 분노의 화살이 떨어진 것이다. 그래서 그녀는 대하기 쉽지 않은 사람이 되었다. 누군가는 그녀가 성미가 저러하니 남편이 밖으로 돈다고 입을 댔다.

누구나 기본적으로 겸손한 사람을 좋아한다. 겸손함이란 우리가 살아가면서 가져야 할 미덕 중에 하나다. 그런데 겸손함이란 사실 깊은 죄책감에서 나오는 것이다. 어떤 죄를 지었고 속죄의 의지가 있는 사람에게 겸손함이 찾아온다. 겸손하려고 노력하지 않아도 저절로 겸손하게 된다. 반면, 죄의식이 없는 사람은 자신의 장점을 내세우고 인정받길 원한다. 때로 그러한 모습은 건방지게 보일 수도 있다. 또한 피해의식이 있는 경우도 자신의 아픔을 알아봐주길 바라기 때문에 무례하게 보일 수 있다. 속사정이야 어떻든 건방지고 무례한 것은 좋은 평을 받을 수 없다.

세상으로부터 미안한 일이 생겼는데, 때를 놓치고 지나간 일이 되어서 사과할 타이밍은 끝나고 그럼에도 미안한 감정은 사라지지 않고 죄의식 속에서 살아 간다면, 자기 나름의 속죄 방법을 찾게 된다. 그것이 따뜻함이라는 인류애이고, 정신적인 것을 좋은 태도 로 품어 나가면서 죄책감에서 해방되려는 시도인 것 이다. A처럼 너무 사랑해서 남의 남편을 빼앗고 불륜 을 실행한 경우라면 특히 자명하다. 부도덕한 사랑이 실행되지 못하고 짝사랑 혹은 마음속으로 품는 선에 서 끝났다고 해도, 사랑해서 안 될 사람을 사랑한 경 험이 있다면 그것이 비밀이라도 속죄는 반드시 나타 난다.

나도 어쩔 수 없이, 고의는 아니었으나 운명처럼 다 가오는 작은 잘못들이 있다. 그로 인해 다른 사람들 눈에 안 띄어서 다행히 비판은 피했으나 나만의 미안 함이 타자들을 향한 너그러운 이해심과 따뜻한 배려, 그리고 겸손함으로 나타나는 것이다. 결국 매력을 만 드는 것은 미안함이다.

학자의 왕관

나는 한때 내가 소중히 여기던 것들을 포기한 적이 있다. 사랑하는 사람을 포기한 적이 있고, 연구자의 길을 포기했던 적이 있다. 그때는 그것이 최선이었다. 왜 포기했을까? 현실의 벽이 컸다. 그리고 그게 아니라도 비껴나갈 길이 얼마든지 있었기 때문이었다. 상처 받은 사람은 이기적이다. 그래서 다른 사람의 마음을 배려할 줄 모르고 가늠하지 않는다. 나 또한 그랬다. 내 마음만 추스르고 나만 정신 차리면 모든 것이 정상화되고, 아무 일도 없었던 것처럼 살아갈 수 있다고 생각했다. 나의 이런 선택도 사랑했던 이로부터 너른 이해심과 포용으로 내가 배려받을 거라고 생각했다. 내 마음에 난 상처가 현재 아픈 것이라면, 타인의 마음에 난 상처는 미래에 느끼는 아픔이다. 훗날 나는 이 점을 아주 절실히 깨닫게 되었다.

세상에는 많은 분야가 있고 길이 있다. 궁금한 게 많았고 진입해 보고 싶은 마음도 많았다. 20대에 특정하여 주어지는 많은 기회들을 다 누리고 싶었다. 20대의 나이에는 그 자체로 상당한 기회가 주어진다. 취업의 자리, 사람을 만날 자리 등 정말 많이 주어진다. 그 자리들은 나에게 저절로 찾아오는 것이 아니었다. 내가 애정을 갖고 찾아 나서야만 주어지는 것이었다. 처음에는 내가 공부를 잘하고 똑똑해야 주목을 받거나 선택을 받는다고 생각했다. 그런데 나중에는 내가 애정을 많이 가지고 있으면 기회가 온다는 것을 알게 되었다. 재능과 성실함을 넘어서는 건 역시나 열정과 같은 사랑이다. 간절함의 다른 이름도 사랑이었다. 세상에는 정말 다양한 일이 존재한다. 일은 너무 재미있고 경력을 쌓아나가는 것은 매우 의미가 있었다. 무엇보다 일은 바로 돈이 된다. 회사를 다니고, 나만의 경쟁력을 만드는 과정이 흡족했다. 일하면서도 배움은 커져 갔고, 나는 꾸준히 공부를 하면서 지평을 넓혀갔다. 운명과도 같은 나의 '업'을 찾기 위해 노력했다. 20대가 아니면 누리지 못할 것들을 욕심내다 보니, 나는 공부를 하는 학자의 길을 포기하게 되었다.

그러던 어느 날, 학자의 왕관에 대해서 생각해보게 되었다. 학자의 명예와 학자의 길에 관해서 생각해본다. 한결같이 공부를 하며 연구자의 길을 걷는 이들을 대단하게 느껴지고 존경하게 되었다. 대학을 졸업하고 나면, 다른 친구들은 취업을 하고 경력을 쌓고 그렇게 사회 생활을 이어간다. 월급을 모아 재테크를 하고, 인생 소기의 목적을 하나하나 이루어간다. 묵묵히 대학원에서 학문을 닦는 일은 누군가에게는 보람찬 일이 될 수는 있으나 오래 전 나의 기준으로는 정말 외로운 일이라고 여겼다. 공부를 하는 동안 나이가 드는 것도 두려웠다. 20대에만 주어진 넓은 취업의 길, 20대를 두 팔 벌려 환영하는 여러 길 앞에서 그러한 외로움을 견딜 자신이 없었다. 학자의 길만큼이나 더 고독한 일이 있을까 싶을 정도로 무섭기도 했었다. 간혹 20대에 연애를 못하고, 취업을 못하고 고립되어 있다면, 스스로 바뀌는 노력을 해야 한다. 누가 먼저 손을 내밀어주지 않는다. 자기 일만 간결하게 하고 타인과의 소통에 소극적이며 인맥을 만들지 않으면 고립에서 벗어날 수 없다. 모든 건 사람과 사람 사이에서 만들어진다. 사람들이 눈여겨 보는 것은 '애정'이다. 높은 기대감으로 입사 후에 실망을 느끼고 불평불만에 빠지는 경우도 있는데, 이 또한 애정이 부족해서

다. 애정이 부족하면 업계에서 사라지고, 특정 분야에서 전문가가 되기 어렵다. 비즈니스를 바탕으로 확실한 노하우가 체화되면 무엇도 두렵지 않은 능력자로 거듭난다.

나는 언젠가 포기하고 물러났던 사랑하는 사람에 대한 애정과 연구자의 길에 관해서 나만의 방식으로 복귀하기로 했다. 물론 상호 소통이 되지 않고 나만의 일방적인 방식이겠지만, 포기했다고 사라지는 것이 아니다. 조용히 나만의 방법론으로 유지할 수 있다. 마치 내 것이 아닌 것처럼 홀대할 필요가 없다. 언젠가 했던 포기를 철회하고, 인생의 길이란 어느 한 방향을 선택하는 것이 아닌 여러 가지 길을 다 함께 살아내는 일이라고 생각을 수정하였다. 포기라는 것이 얼마나 이분화된 도식에 의한 단순한 결정인가!

연구자의 길은 척박할 수 있으니, 그 척박함을 탓하는 것은 어리석은 일이다. 공부의 길은 깊은 물 속과도 같아서 앞이 보이지 않을 정도다. 그래서 한없이 겸손해질 수밖에 없다. 공부는 많이 해도 언제나 부족한 것이다. 공부를 하면서 깨닫는 건 지식이 한뼘 늘어난 것과 사색이 조금 깊어진 것, 그리고 언제나 나의 부족함과 어리석음이다. 이러한 난해함을 다 이겨내고 연구자로서의 입지를 다진 분들이라면, 마땅히 존경해야 한다. 공부, 논문, 강연, 학회, 학술, 다시 공부, 논문, 다시 강연, 그리고 공부, 학회, 공부, 또 공부인 삶. 힘들어도 내색하지 못하고 온화한 표정을 짓는 삶. 나의 학문을 바라봐주는 이들에게 감동하고 묵묵히 연구자로서 살아가는 일. 나는 이를 향한 나의 존경심을 '학자의 왕관'이라고 부르고 싶다.

이미지

　　시를 쓰고 그림을 그리는 사람으로서 이미지는 매우 중요하다. 시를 먼저 쓰고 그림을 나중에 그렸는데, 이미지에 대한 갈망이 나를 미술로 인도했던 모양이다. 미술의 기초를 다지기 위해 연필을 들고 소묘 기초부터 부지런히 다지던 나는 회화과에 편입하여 졸업을 했다. 나처럼 학적이 많은 사람이 또 있을까 싶다. 나에게는 모교가 많다. 미술학사를 받는 뿌듯함 속에서 개인전을 열고 미술대전에도 참여하였다. 연필화, 수채화, 아크릴화, 유화 등 다양한 기법을 전전하다가 나에게 가장 맞는 그림은 아크릴화였다. 그래서 아크릴화로 정착하였다. 아크릴 물감은 자외선에도 강하고 빨리 마르고 현대적인 소재로 나와 성미가 비슷한 것 같았다. 그림은 결과물이 아름답고, 그 과정은 더욱 전율을 일으키는 것이라서 나는 미술을 매우 사랑하게 되었다. 그래도 글을 다루는 사람이니 미술은 서브라고 생각했는데, 세월이 지나 미술이 내 삶의 일부분임을 받아들이게 되었다.

그림을 그리면서 막혔던 부분을 무엇을 그릴지 그 대상에 관한 문제였다. 마땅히 그리고 싶은 것, 그려야 할 것에 대한 난제가 발생했다. 그림을 그릴 때 중요한 것으로 관찰력이 대두되는데, 그 관찰의 늪에 빠진 것이다. 미술에서 관찰력이 중요한 것은 맞다. 관찰력이란 문학에서도 중요하다. 관찰은 리얼리즘의 시작을 의미한다. 극사실주의 그림은 보는 이로 하여

금 감탄을 일으켜 상당한 환영을 받기도 한다. 동시에 사진과의 비교에서 비판을 받는다. 인간의 눈으로 볼 수 없는, 그 이상의 사실을 담는 것은 상상적 관찰에 의한 것이다.

그러나 관찰에 빠지면 내면을 들여다 보는데 소홀해진다. 관찰의 시선은 언제나 외부로 향해 있기 때문이다. 이렇다 할 교감을 하지 못한 나는 잠시 미술을 멈추었다. 그리고 싶은 대상이 뚜렷해지길 기다렸다. 그리고 정말 내가 그리고 싶은 이미지가 운명처럼 나타나길 기다렸다. 관찰에서 벗어나 내면을 여행하는 시작이었기에 그것은 눈을 감아야 나타나는 형상이었다.

시는 글자로 그리는 그림과 같다. 글자는 마법과도 같아서 언어의 조합을 통해 상상력을 이끌어낸다. 모호하지 않은 명징함이 있고 가슴에 훅 들어오는 울림이 있다. 시는 공감하게 만들고 생각하게 만든다. 시를 읽으면서 머릿속에서 상상하는 어떤 풍경의 이미지, 그 이미지의 생경함과 편안함은 문학을 취하는 의의가 될 수 있을 것이다.

어느 날 나에게는 미술로서 표현할 이미지가 나타났다. 고대하던 순간이었다. 어떤 것을 관찰하고 그리는 그림이 아니었다. 가령 내 마음 속, 나의 무의식이 그림을 뚫고 나와서 표출되는 방식의 그림이다. 나는 그림을 그리는 수행을 하다가 가끔 형상화된 나의 깊은 마음을 보고 깜짝 놀란다. 공기 같은 정신으로 이루어진 심연이 이렇게 색채와 형태로서 탄생한다는 것은 신비로운 일이다. 그림을 통해 나는 내 안에 무형이며 무취인 정신과 대면하고, 화폭에 나온 이미지들을 아름답게 수정하면서 내면을 길들인다. 그러다 보면 세상에 화날 일이 하나도 없고 원망할 일도 없으며 얼마든지 행복에 이를 수 있음을 깨닫는다. 분노할 일은 알고 보면 미안한 일이고, 원망한 일도 알고 보면 감사한 일이다.

이렇게 그림으로서 표출된 나의 정신을 타인들이 보고 아름답다고 칭찬할 때는, 나의 진짜 깊은 속마음이 온갖 부정성을 다 털고 재탄생된 기분이다. 나의 그림으로 표면화된 나의 정신, 그것을 바라보는 시선, 그리고 타인의 눈길은 다 다른 해석을 내놓을 수 있겠지만, 미술을 보면서 감동을 느끼고 마음 속 정동을 일으키는 건 사람이라면 누구나 마음속에 인문학이 씨앗처럼 숨겨져 있기 때문이 아닐까 생각해본다.

과잉과 잉여

완벽함을 강요받는 시대다. 무엇이 잘못되면 그건 네가 부족한 탓이니, 네가 반성하고 수정해야 한다. 이러한 논리로 살다 보니, 다들 너무 완벽해졌다. 그래서 많은 것들이 과잉되었다. 노력이라는 것을 귀찮게 생각하지 않고 적극적으로 한다. 끊임없이 배우고 이력을 추가한다. 그런데 그에 비해 적합한 자리는 부족하다. 그래서 좋은 요건을 갖추었음에도 그에 맞는 자리에서 탈락한다. 이것은 과잉이 만든 잉여라고 하면 이해하면 되겠는가? 언제나 나를 수정하고 관리했으니 사회의 요건은 어떠한지 살필 겨를이 없었을 것이다.

일부의 사람만 선택을 받고 경력에 맞는 자리에 배치가 된다. 선택받은 자와 그렇지 못한 자의 차이는 무엇일까? 심사권을 가지고 있는 사람의 기준에 맞는 등락이었겠지만, 사실 별반 차이가 없다. 인재가 넘쳐나서 자리가 다 수용을 하지 못하고 밀려나는 것이다. 반드시 적임자가 자리를 꿰차는 것도 아니다.

잉여가 되면 합당한 가치를 평가받지 못하고 시간을 허비하게 된다. 자신의 가능성을 펼치지 못하고 주어진 삶을 살아가게 되는 것이다. 우수한 성적에도 출세하지 못한 사람들이 생각보다 많다. 그만큼 인재는 과잉되었다. 그럼에도 탈락을 하면 '네가 부족해서'라고 책임을 노력한 사람에게 돌린다.

사실 과잉이 진행된 자리는 끝물이다. 변화의 흐름

을 타고 언제나 세상은 새로움을 추구한다. 새롭게 태동하는 시기에 적임자들이 몰리고 발전하면서 어느 정도 궤도에 오르면 과잉이 생기고 쇠퇴를 하게 된다. 흥망성쇠에 의한 자연의 이치이다.

주식을 매수할 때 가장 꼭지에 오른 금액에 매수하면 큰 손해를 본다. 주식은 하락장에 낮은 금액에서 사서 상승장에 높은 금액에 매도하여 차익을 보는 것이다. 말이 쉽지, 심리적으로 그렇지 않다. 상승장에 나 혼자 돈 못 벌 까봐 사서는 하락장에서 겁을 집어먹고 판다. 그러니 손해가 생기는 것이다. 그렇게 잉여가 되는 것이다. 과잉이 된 자리를 탐하는 것도 상승장에서 최고점에 오른 가격대를 매수하는 것과 같다.

고정관념에 의지하여 남들 시선에 갇혀 살다 보니, 자신도 모르게 스스로 진짜 원하는 삶에 대해 그려보지도 못하고 과잉된 분야로 자기 자신을 내몰고 있다.

마치 그것이 성공으로 가는 궤도에 오른 것처럼 착각에 빠지며 스스로의 가치를 매긴다. 경쟁이 치열한 자리는 성공하기 어렵고, 성공했다고 해도 언제든 타인으로 대체되기 쉬워 '자리'가 갑의 위치에 서는 아이러니가 생긴다. 스스로 잉여가 되지 않는 것도 과잉을 피하면 가능한 일이다. 요즘 시대에만 과잉이 있는 게 아니다. 언제나 과잉은 존재했다. 그리고 과잉은 아주 쉽게 이용당했다. 언제나 완벽함을 강요받고 부족함을 지적받으면서 말이다. 소수만 선택 받는 자리는 되도록 접근하지 않는 것이 좋다.

자리가 나를 받쳐주는 일은 타인과의 경쟁을 부추기지 않고 타인을 동반자로 인식하게 한다.

회상적 패러디

어떤 대상을 희화화하여 모방하는 것을 패러디라고 한다. 패러디 원리가 작동하기 위해서는 원본과 사본이 있어야 한다. 사본은 원본의 모방본이다. 이것은 일차적인 의미의 패러디다. 패러디의 의미는 다양하게 분화할 수 있다. 타인과 소통하면서 살아야 하는 이유는 혼자 도태되지 않기 위해서다. 사물과 사람을 포함하여 모든 타자와 결별을 하면 패러디가 멈춘다. 고독함 속에서 나 자신이 온전한 원본으로 존재하고 싶지만, 고립된 원본은 불완전하다.

인간은 하루에도 수없이 많은 패러디 속에서 살아간다. 누군가 생각 없이 던진 한마디의 말도 피드백이 될 수 있다. 낯선 사람의 옷차림을 보고는 어떤 감흥이 생겨 비슷한 옷을 입고 싶다고 생각할 수 있고, 동료 직원이 사무실 책상에 올려둔 작은 화분을 보고 영감을 얻어 다육 식물을 살 수도 있다. 지인의 취미생활에 영향을 받을 수 있고 식당에 들어가 초면의 손님이 먹고 있는 음식에 끌릴 수 있다. 가령, 나는 원래 김치찌개를 좋아해서 먹고 있는데, 식당에서 갔을 때 다른 손님이 순두부 찌개를 주문했다. 음식이 나오자 힐끔 보았는데, 해산물도 두둑하게 들어 있고 아주 맛있어 보였다. 여기서 기대감에 의지한 나만의 환상이 발동한다. 순두부찌개는 기억으로 저장되고 다음 번에 식당에 오면 순두부찌개를 주문한다. 실제로 먹어본 순두부찌개와 원래 선호하던 김치찌개 간에는 괴리감이 있을 수 있다.

타인의 생각과 행동 패턴은 패러디되어 나의 행동에 변화를 일으킨다. 모방이란 반드시 눈으로 본 것만으로 이어지지 않는다. 어떤 풍경이 기억 속에서 저장되고, 다른 경험들과 중첩되어 다시 회상의 형식으로 떠오를 때, 패러디가 일어난다. 필자는 이것을 '회상적 패러디'로 명명한다.

회상은 왜곡을 일으킨다. 사진처럼 특정 시간을 정확히 묘사하여 가둬두지 않는다. 회상은 과거로 향하는 정신의 흐름이므로, 왜곡이 일어나고 명확하지 않다. 모호한 부분은 상상으로 채워진다. 회상을 통해 구현한 원본은 실제 원본과 괴리감이 있다. 희미하게 왜곡된 원본을 패러디한 모방본은 낯선 것일 수 있다. 뿐만 아니라 과거의 원본과 현재의 원본, 미래의 원본이 시간성에 따라 다를 수 있으므로 그 원본의 진정성 또한 유지될 수 없는 것이다. 감정과 관점에 따라 회상은 재구성되기 때문이다. 따라서 리얼리티보다는 환상성이 강조된다. 환상의 원리에 의해서 패러디가 수행되면, 원본과의 이질성이 극대화될 수 있다. 그리고 그것은 언제나 보다 더 발전적인 것이고, 패러디는 '배움'이라는 동사로 수행되는 과정이며, 좋은 결과물을 산출하는 과정이 된다.

회상적 패러디의 과정 없이 그저 원본만을 추구하면 타인과의 결을 맞추기 어렵고 날것의 불완전함을 표방하게 된다. 타자로부터의 영향력을 제외하고, 오직 나만의 기준으로만 원본을 세운 것은 원시적이라 고상함과 일정 수준을 추구하기 어렵다.

투명한 본질

걱정이란 것이 있다. 걱정 때문에 걱정이다. 왜 걱정이라는 게 존재할까? 자기를 지키고 싶어서다. 자기를 지키고 싶은 마음이 간절할수록 걱정은 많아진다. 걱정하는 이유, 걱정에 시달리는 이유, 그것은 바로 이 세상에 본질이 있다고 생각하기 때문이다. 어딘가에 있을 어느 궁극적인 것, 진실하고 진심인 것. 그런 이상적인 무언가가 있다고 생각하기 때문에 걱정을 하는 것이다.

하지만 본질은 존재하지 않는다. 본질은 허구의 것

이며 아무도 본 적 없는 실체 없는 것이다. 본질에 의존해서 사물을 바라보면 그에 대한 어떤 상상의 프레임이 씌워진다. 경험하지 않은 어떤 이미지가 만들어진다. 그래서 기대하게 되고 예상하게 된다. 가령, 선생님에게 본질이 있다고 치자. 그러면 선생님은 어떤 존재일까? 나를 위하고 나를 아껴주고 내가 잘 되길 바라며, 졸업 이후에도 특별한 인연으로 기억되길 바랄 것이다. 선생님을 떠올리면, 마음이 푸근하고 편안해진다. 밖에 나가 사회에서 들볶여도 학교 다닐 때 선생님 생각하면 감성이 돋는다. 이토록 선생님의 본질이 있다고 생각하면, 이에 맞지 않은 선생님을 만나면 크게 충격을 받는다. 나를 해코지 하고, 혹은 나의 앞길을 가로막고, 나를 싫어하는 선생님. 현실적으로 이런 선생님들이 있다. 그러면 마음이 괴로워지고, '을'인 학생이 노력을 한다고 해서 개선될 여지도 없다. 그러면 딜레마에 빠지게 되는데, 이때 선생님의 본질이 없다고 생각하면 전환이 가능하다. 선생님은 그냥 저런 존재라고 수용하는 것이다. 본질이 새롭게 만들어졌다. 본질이 없다고 했으니, 새롭게 정의되었다 이렇게 말할 수 있겠다.

세상 모든 것은 다 새롭게 정의되는 것이다. 본질이란 상상 속의 선험적인 것으로, 경험과의 괴리가 크다. 당신이 경험한 것, 당신이 느낀 감정 그것이 정의이다. 세상 존경 사람이 당신만을 유독 미워해서 괴롭힌다면, 당신은 그 사람을 다른 사람들이 정의하는 것처럼 정의할 수 없다. 사람들은 각자 자신의 시야에서 정의를 내리기 때문에 본질은 존재하지 않는 것이다.

본질이 없다는 것에서 조금 더 발전적으로 표현하지만, 본질은 만들어지는 것이다. 계속해서 만들어지는 것이다. 정의롭지 못한 현실에서 그것을 본질로 받아들이면 체념을 하게 되지만, 노력해서 개선할 수 있다면 희망을 가질 수 있다.

거울의 피드백

　사람이 자기 자신을 잘 알기 위해서 거울을 보고 대화한다고 이루어지는 것이 아니다. 나를 되비추는 거울은 사실 나와 같은 사람이다. 나와 어떤 관계 구도를 이루고 있는 사람. 스쳐지나가는 많은 사람들이 그냥 흘리는 말로도 나에게 피드백을 한다. 그 피드백으로 나는 만들어진다. 내 곁에 오래 남는 사람들은 나에게 우호적인 사람들이다. 나에게 차갑게 대하고 나를 싫어하는 사람이라면, 그건 떠날 사람들이다. 아주 잠시 순간적으로 만나는 사람들. 그런 사람을 왜 만나게 되었을까? 그들에게서 피드백을 받기 위해서다. 잠깐의 인연으로 멀어진 뒤에 그 사람을 회상해 보면, 그 사람의 피드백만 남아 있다. 나에게 했던 언어적인 표현, 비언어적인 행동 등만 남는다.

꼭 사람을 대면해야만 피드백이 발생하는 것이 아니다. 편지를 주고받거나 문자를 주고받아도 피드백은 발생한다. 모든 소통의 흔적은 피드백이 발생한다. 이것은 외부로부터 온 것이고, 나를 구성하는 것이다. 누군가와 결별하는 것도 혹은 자연스러운 이별을 하는 것도 더 이상의 피드백이 유용하지 않기 때문이다. 내가 될 수 없는 피드백은 버려지고 거부하게 된다. 반대로 누군가를 만나게 된다면 운명적으로 그 사람의 피드백을 수용하게 되는 것이고, 누군가가 보고 싶다고 생각하는 것도 그 사람의 피드백이 필요하기 때문이다.

사람은 타인을 바라보면서 그 속에서 자신을 바라본다. 나와 유사한 점에서 매력을 느끼고 나와 다른 점에서 이질감을 느낀다. 때로는 비슷한 사람보다 이질감이 더 큰 의미를 지니기도 한다. 그래서 반대되는 성향에게 끌리는 것이다. 사람은 유의어 같은 사람이 있고 반의어 같은 사람이 있다. 사람들 사이의 관계는 당연히 언어적 구조로 되어 있고 유의어와 반의어라는 각각의 어휘를 감정이라는 맥락으로 서로 이어주는 것이다.

인연은 운명적인 것이라 오고 가는 것을 제한할 수 없다. 모든 이별을 받아들여야 한다. 상호 피드백이 무화되어서 사라지는 것이다. 거울 속에 나를 보면서 내가 원하는 것을 찾기 어렵지만, 타인 속에 있는 나를 발견하면 내가 원하는 무언가를 발견하기 용이하다.

불

우리 삶의 정신적인 불. 나는 그것을 용기라고 생각한다. 마음 속에는 일정하게 불이 타올라야 따뜻함이 유지된다. 그러나 곤란해지기 싫어서 귀찮은 일에 휘말리기 싫어서 마음속에 바람을 휘휘 불어 불을 끄려고 하거나 아주 작은 촛불로 남겨놓는다. 조금 모르는 척 하면 마음 편하고 곤란하지 않게 넘어갈 수 있기 때문이다. 그러면서 바로잡지 않고 인생이 비틀어진다. 어느 날 그에 대한 결과가 찾아왔을 때, 그 생경함 앞에서 답을 찾지 못한다. 그래서 타인에게 물어보고 답을 얻으려고 한다. 마음속에 불이 꺼졌는데, 다시 피우려고 하지 않고 전문가가 속 시원한 해답을 내주길 원한다.

용기를 외면하고 살 수 없다. 무지막지한 쌈닭이 될 필요는 없다. 내가 존중받으려면 남도 존중해야 한다. 문제는 내가 아무리 존중을 해도 타인이 그렇지 않다면 이야기가 다르다. 충분한 기회를 주었음에도 변화의 여지가 없다면 그때는 마음 속의 불을 피워 불필요한 것들을 연소시킬 시간이다.

회사에 다니면서 겪는 불의, 공부하면서 당하는 갑질, 대인관계의 불합리함. 정말 많은 불안 요소가 내재되어 있다. 불이 너무 커지면 연기가 자욱해지고 시야가 아득해지며 질식할 것이다. 내가 나를 연소시켜 느끼는 뜨거움과 답답함, 그리고 작열감. 불타는 내가 나를 위한 정의를 구현하는 시간은 살아가면서 필요하다.

대항할 수 없고 싸우기 싫어서 외면한 적이 많았을 것이다. 힘 있는 누군가 나타나 시원하게 해결해주길 막연히 기대할 수도 있을 것이다. 물론 세상만사 요즘 같은 시절에는 내버려두면 다 저절로 흘러가게 되어 있기는 하다. 그냥 동네 길거리를 나가도 체계가 꽉 잡혀 있어 누구든 규율을 피하기는 어렵다.

　누구나 자기 보존의 욕망이 있다. 스스로를 지키려고 한다. 지키는 방법이 바로 순응이다. 하지만 지나치게 순응하고 조용하다면 마음속에 불이 꺼진다. 작은 촛불 하나, 꺼지지 않게 피워두어야 한다. 그 불이 꺼지면 너무 어두워지고 모른 척 눈 감은 세계로 빠져서 내가 나를 볼 수 없는 어두운 심연으로 빨려갈 것이다. 그것이 바로 무기력함, 우울감, 멜랑콜리다.

파도와 너울

드넓은 공간, 깊숙이 채워져 있는 푸른 물. 그 속에
는 소금이 들어 있고 물고기들의 세계가 감춰져 있다.
바닷속은 사람의 마음속처럼 가늠할 수 없다. 물속에
서 살아가는 신체적 기능이 있다는 건 참 신기한 것이
다. 어떤 유기체는 지표면 위에서 공기를 들이마시며
살아가도록 신체가 구조화되어 있고 어떤 유기체는
바다속에서 살아가도록 유선형에 지느러미, 아가미
가 있다. 모든 건 그 세계에 맞게 적응하도록 설계되
어 있다. 복잡한 인간 세상에서 살아가도록 정신이 부

여되었고, 서로 잡아먹고 사는 어류들은 통점을 면제 받았다. 비록 타자에게 먹히더라도 물리적인 아픔만은 피해가는 것이 어떤 수혜였을까. 불안하고 우울하고 고통을 감지하는 정신은 그만큼 통점이 많은 것이다. 통점을 자극 받고 괴로워하는 것도 이 세상을 살아가기 위한 한 필요성이라고 볼 수 있다.

모래사장과 바다가 맞닿는 곳에는 파도가 있다. 무슨 반복 강박처럼 끊임없이 모래사장을 향해, 방파제를 향해 물이 밀려왔다가 나간다. 인간은 마치 어떤 술래잡기를 하듯 파도를 따라다니며 도망치며 발목을 안 적시려고 혹은 파도에 휩싸이도록 움직인다. 파도는 땅으로 몰려와 사람들의 발자국을 지우고 부서진 돌들의 모난 자국을 둥글게 깎는다. 아무리 고집이 세다고 해도 저 엄청난 침식 앞에 둥글어지지 않는 존재는 없다.

나는 내가 할 수 있는 노력 밖에 있는 것을 '너울'이라고 부른다. 사람은 혼자만의 노력으로 어떤 것을 성취할 수 없다. 아무리 완벽하게 자기를 갈고 닦아도 타자의 권력에 의해 지배를 받는다. 큰 갑을 관계가 있고 미세한 갑을 관계가 존재한다. 누구나 을이고 누구나 갑이다. 처절한 을이었던 사람이 기회가 오면 철저한 갑이 된다. 인간의 삶이란 너울 속에 있다. 사실 나에게 찾아오는 운은, 내가 열심히 해서 내가 잘해서 이루어지는 것일수도 있지만 사실은 세계가, 타자들이 나를 관대하게 대해주었기 때문에 가능한 것이다. 똑같은 사람이라도 트집을 잡고자 마음 먹으면 얼마든지 스크래치를 낼 수 있고, 좋게 봐주자 서로 무리 없이 진행하자는 마음이 있으면 상호 만족스러운 결과를 얻을 수도 있는 것이다. 그러니 타자의 시선이라는 것이 어떤 운명을 결정하는 데 큰 힘으로 작용하는 것이다. 어떤 타자, 어떤 시선 바로 관건이며, 나에게 가망 없다고 판단이 되면 나의 노력이 아무리 신실하다고 해도 불가능한 것이 되는 것이다.

인위적인 너울이 있고 자연적인 너울이 있다. 인위적인 너울이란 사람 사이의 권력관계를 의미한다. 내정자가 혜택을 챙기는 방법이다. 내정자는 현실에 굴복했고 기존의 부조리한 체계에 순응했다. 인위적인 너울 앞에서 개인의 노력과 열정은 무시된다. 자연적인 너울이란 모든 사람에게 공평하게 혹은 운명적으로 주어지는 것이다. 이를 테면 질병과 죽음이다. 인간사에 대단한 권력 관계를 구축한 이도 질병과 죽음을 피해갈 수 없다. 결국은 거대한 너울 속에서 그 흔들림을 온몸으로 맞으며 살아가는 게 인생이다.

인간의 젊은 시절, 생로병사와 시간의 유한함을 체감하기 전에는 인위적인 너울 속에서 고통 받는다. 노력해도 안 되는 일, 차별 속에서 느끼는 박탈감, 이미 짜여진 집단에서의 소외감 등 여러 가지 요소가 존재한다. 그러면서 비판하고 포기하고 냉소하고 망각한다. 그러니 거대한 자연의 너울이 정의롭게 느껴진다. 권력자의 질병, 권력자의 죽음. 권력이 있다고 대자연을 피해갈 수 없다. 그러면서 끝나는 어느 지점. 결국 모든 인간은 작은 존재였음을 깨닫는 운명적인 순간이 온다. 결코 만만치 않은 삶이었으나 추상적인 감사함을 느끼며 인생을 반추하는 일, 인생이 소중하고 감동적이었음을 마음 깊숙이 깨닫는 일, 언제나 너울 속에서 휩쓸리며 고통 받았던 일 조차 사소하게 느껴지는 그런 일이 있다.

너울은 배경일 뿐이다. 사진을 찍을 때 있으면 좋은 멋진 배경. 나약한 한 개인이지만, 나는 나만의 '선택'으로 나 자신을 정의한다. 불합리한 것들, 부정적인 것들은 거대한 바다가 살아있는 듯 움직이는 너울을 일으켜 결국 휩쓸려 가기 때문이다.

바람

    타인과의 대화에서 가장 큰 소득은 바로 공감이다. 공감을 불러일으키는 대화는 성공적이다. 공감은 정신적 쾌감을 불러일으키기 때문이다. 공감하는 과정에서 타인에게서 나의 꿈이 실현되는 어떤 가능성을 찾게 된다. 나의 내면에 있는 어떤 정서를 타인에게서 퍼즐처럼 서로 아귀가 맞는 지점을 찾았다면 느슨했던 생각은 활력을 갖게 된다. 그것은 어떤 바람처럼 시원하게 느껴지며 정신적 전환을 일으키며 대화의 완성도를 높게 한다. 대화에서 공감이 없다면 지난해진다.

그러나 마냥 공감이 좋은 것만은 아니다. 공감하는 순간 타인으로부터 욕망의 대상이 될 수 있다. 대화가 잘 통한다 싶으면 이제 타인의 의도한 자장 안으로 들어가는 것이다. 그곳은 낯선 세계일 수 있다. 게다가 그 사람이 어떤 사람이냐에 따라 나의 운명도 달라질 수 있다. 그러니 공감은 그만큼 위험한 것이 된다. 공감한다는 것은 타인이 일으킨 바람이 내 몸속에 들어와 휘젓고 나가는 것과 같다. 남을 흉볼 때, 나의 어두운 면과 비슷하면 공감을 하는 경향이 있다.

남에게 말하기 힘든 나의 어두운 과거와 비슷한 경험이 있는 사람이 자신의 이야기를 한다면, 공감을 하게 될 확률이 높아진다. 아주 은밀하고 사소한 나의 어느 지점과 일치하는 점을 가지고 있는 타인을 만나면 끌리게끔 되어 있다. 전혀 어울리지 않는 조합인데도 함께 하는 경우다. 가슴 깊숙히 숨겨서 나 조차도 잊어버린 나의 어떤 지점과 일치하는 타인의 조각. 그런 조각은 좀처럼 찾아지지 않기 때문에 그 사람은 특별한 사람이 된다.

유행 따라하면서 서로 비슷한 흐름을 추구하면서도 사람은 누구나 차별화 전략을 모색한다. 남들과 다른 나만의 개성이 뚜렷한 새로움을 추구한다. 그것이 타인과 나 사이의 구분이다. 그와 동시에 타인과의 교차점을 찾는다. 비밀스러운 것, 의식되지 않은 무의식적인 그 무엇이 일치할 때 공감을 느낀다. 그 교차점이란 마치 조약돌밭에서 가장 예쁜 돌을 찾는 것처럼 주관적이고 막연한 것이기도 하다.

인생이란 끝나지 않는 갈등이다

인생을 살아가면서 힘들고 고뇌에 빠지는 것, 그것은 흔한 일이다. 마음이 괴롭고 우울하고 그것에서 탈출하고 싶은 생각이 간절해진다. 한때 나는 이런 모든 것들의 종료를 꿈꿨다. 어떤 고민거리가 생기면 그것만 없어지면 해결이 된다고 생각했다. 그러나 하나가 끝나면 또 다른 하나가 생기고, 그 하나가 없어지면 새로운 게 또 생기는 것이 원리라는 것을 깨닫게 되었다.

내가 살아가는 이 세상, 그리고 숨 쉬는 공기 중에는 나를 고통스럽게 하는 여러 요소들이 존재한다. 나는 나와 어울리는 그중 일부를 하나씩 체감하는 것이다. 어떤 고통 하나를 들여서 고민에 빠지고 뱉어내고 그리고 새로운 고통을 끌어들여 그것을 향유한다. 그러니 이 세상에는 수많은 입자들의 고통이 존재하고, 나는 뷔페에서 음식 골라서 먹듯 하나씩 느끼는 것이다. 많은 고통의 입자들이 존재해도 내가 그걸 인식하지 않고 체감하지 않으면 그만인데, 문제는 내가 그걸 습관적으로 체화하고 교감하는 것이다. 왜 그럴까? 고통이라는 것을 필연적으로 요구하기 때문이다. 고통이 주는 자극, 고통이 주는 쾌감, 그런 것들에 이미 익숙해진 것이다.

인생이란 끝나지 않는 갈등이라고 보면 된다. 언제나 어떤 해결과 마무리를 원하며 안정화에 들어가지만, 사실 엔딩이 없다. 갈등은 계속해서 만들어지는 것이고 인생이란 그 과정 속에 있다. 그러니 애써 고통을 없애려고 노력하지 않아도 되고, 혼자만의 종료를 하지 않아도 좋다. 뭔가 마무리된 것 같아도 알고 보면 혼자만의 끝이다. 갈등이란 절대로 멈추는 것이 아니며 잠시 소강상태에 있다가 대기 상태로 내재될 수 있다. 그러니 그 갈등 속에서 갈등을 즐기고 갈등이 만들어내는 피드백을 관심 있게 보면 된다. 그 크고 작은 산출물들로 인간은 성숙해져가는 것이다.

어떤 갈등이 오면 오래 잡아두고 바라보며 정드는 것도 좋다. 이 갈등이 가면 새 갈등이 올테니까.

발화

　사람은 타인과의 교류로 많은 것을 정의한다. 혼자 있을 때가 좋은 것은 내가 원하는 것, 내가 하고 싶은 말을 가감 없이 할 수 있기 때문이다. 그러나 다른 사람과 함께 할 때는 다르다. 특히 감정적으로 깊어지면 달라진다. 중요한 골자의 이야기는 내가 중심적으로 한다. 그 외 사소한 잡담에서는 타인과의 교류가 깊어지면 그 사람이 듣고 싶은 말, 그 사람을 위한 말을 하게 된다. 그 사람의 표정, 말투, 심기를 살피면서 그 사람이 듣고 싶은 말을 추론해내고 발화하며 그 사람의 반응을 살피면서 방향성을 잡는다. 타인과 교류 시 어느 시점에서 호응도가 생기고 어느 시점에서 기분이 상하는지 알 수 있기 때문에 이러한 피드백은 다음 발화에 상당한 영향을 미친다. 사람은 따뜻한 정서를 느끼며 좋아하는 사람 앞에서 그 사람의 반응을 살피며 그 사람이 듣고 싶은 말, 그 사람이 좋아할 만할 말을 하며 긍정적인 반응을 이끌어 낼 때 행복감을 느낀다. 그러면서 언어의 주제가 잡히고, 그렇게 만들어지는 스토리는 나의 인생에 깊숙이 관여한다. 누군가와 헤어지고 나서 슬픔을 느끼는 것도 단절로 인하여 그 사람이 듣고 싶은 말을 구상하고 호응을 이끄는 일련의 과정이 실패되었기 때문이다. 좋은 사람을 만나면 좋은 주제가 잡히고 그러면 나는 그와 관련된 스토리의 말을 구성하고 그러한 언어화의 수행으로 나의 삶에 변화가 일어나는 것이다.

대화를 하면, 나는 내 이야기를 하고 상대방은 자기 이야기를 하는 것처럼 보인다. 공통의 관심사 앞에서 공감대를 형성하고 감정을 교류하면서 어느 순간 나는 상대방이 듣고 싶은 말이 어떤 말인지 파악하게 되고 그 기대에 충족하고 싶어진다. 그 사람이 웃는 모습, 그 사람이 좋아하는 모습을 보고 싶기 때문이다. 그러면서 정작 자기가 진짜 하고 싶은 말, 내가 나를 위한 말을 잊기도 한다. 누군가에게 빨려들어간다는 것은 이런 것이다. 사랑하는 사람을 위해서 자기 자신을 잊은 채로 살아가는 사람이 얼마나 많은가.

대화를 할 때 어긋나는 것은 상대방이 나를 살피지 않고 자기 말만 하기 때문이다. 내가 웃는 모습, 내가 좋아하는 모습을 도출해내려고 노력하지 않는 것이다. 자기 감정의 해소만을 위해서 자기 말만 하는 경우도 있다. 이럴 때는 대화에 진이 빠진다. 누군가가 싫어지는 것도 나의 대화에서 표시가 난다. 나는 더 이상 그 사람이 좋아할 만한 이야기를 하지 않게 된다. 상대방도 이러한 달라진 태도를 감지하고 대화에 피곤함을 느낀다.

내가 듣고 싶은 말만 해주는 사람, 그런 사람이 곁에 있다면 매우 좋을 것이다. 내마음을 읽어주고 자꾸 웃게 해주는 사람. 그런 사람은 사랑하게 된다.

사랑에 빠지면, 우정에 빠지면 나는 나란 사람에서 벗어나 나의 스토리에 메이지 않고, 타인의 스토리와 타인에 대한 이야기를 말하게 되면서 그 언어들이 내 삶을 새롭게 구성하게 된다.

사랑했던 사람을 벌하는 카타르시스

사랑하는 사람에게는 언제나 잘해줘야 한다고 생각했다. 누구보다 아껴주고 위해주고 그 사람의 편이 되어주어야 한다고 생각했다. 설령 어떤 일이 벌어져 멀어졌다고 해도 행복을 빌어줄 수 있고 가끔 한 번씩 반추해보며 그 사람과 나 사이의 멈춰버린 시간을 향유하는 것도 좋은 일이라고 생각했다. 나에게 있어 내가 아끼고 사랑했던 사람을 벌하는 일은 거의 없었다.

언제나 좋은 감정만 있겠는가. 부딪히고 상처 준 사람들도 있었다. 그 당시에는 아파했고 그냥 다 흘려보

냈다. 내가 애정을 쏟지 않는 그 자체로 의미를 두었다. 내가 사랑을 쏟았던 대상들은 나에게 특별했고 나에게서 사랑은 받은 그들도 내가 특별한 사람으로 여겨질 것이다.

사람의 관계를 떠나서 언제나 자유를 소중하게 생각했다. 내게는 관계에 얽매이지 않는 가치관이 있었다. 서로 안 맞으면 떠날 수 있고 각자의 삶을 사는 게 최선이라고 생각했다. 그런데 내가 떠난다는 것, 이것을 용납할 수 없는 이들도 있었다. 그들은 크게 감정이 상했고 배신감을 느꼈다.

언제나 사랑하고 아껴주고 위해주는 것에서 의미를 찾았던 나는 그 사람을 아프게 하고 벌하는 행위를 생각해 본 적이 없었다. 설령 그가 나에게 어떤 잘못을 했다고 해도 그 마음을 이해하고 보듬어주고 용서해주려고 노력했다. 그게 그 사람과 나 사이에 있는 특별함에 대한 자세라고 생각했다. 그 사람은 자신의 잘못을 인지하면서도 내게 미안한 마음이 없는 데도 말이다. 특정한 좋은 추억을 반추하면서 혼자만의 너그러운 용서로는 영원한 미완으로 남을 거라는 예감이 들었다. 그래서 마음을 달리 먹었다.

나에게 저지른 만큼 되돌려주는 일. 사랑했던 사람을 벌하는 일. 뼈아픈 일처럼 느껴져서 피했던 그 일이 오히려 관계를 완성시키는 행위라는 것을 알게 되었다. 비난하고 비판하고 되갚아주는 일. 용서하지 않고 내몰아버리는 일. 그 사람이 아파하는 걸 보기 싫어서, 어쩌면 부담스러워서 피했던 그런 일들이 구멍 난 모든 허방을 채우는 방법이었다. 언제나 따뜻한 모습을 보여주었던 나는 사실 타인에게 내 반쪽만 보여준 셈이고, 거칠고 차가운 모습을 보여줌으로써 모두 드러낸 셈이다. 감추다 보니 나 조차도 잃어버린 나의 반쪽. 반쪽만으로는 불완전하다. 즉, 나도 내 잃어버린 반쪽을 내가 찾은 셈이다. 그리고 그 속에서 깊은 기쁨을 느꼈다. 온전해진 내 모습, 슬픔 속에서 느끼는 카타르시스, 그것은 정말 달고 진한 것이다.

슬픔이 찾아왔는데 억지로 긍정적인 마음을 가지려니 무리수가 생긴다. 슬플 때는 억지로 울지 않으려고 하지 말고 부정성을 표출하여 내가 아픈 만큼 돌려줘야 한다. 그러니 비판과 비난도 벌도 사랑의 한 방법임을 인정해야 한다. 눈물이 나올 때 비로소 슬픔에서 해방된다. 그리고 슬픔이 아픈 게 아니라 쾌락의 감정임을 깨닫게 된다.

환상

환상은 아름답고 착각은 추하다. 환상이 이상이라면 착각은 현실이다. 환상 속에 사는 동안 그 시간은 즐겁긴 한 것 같다. 그런데 지나고 나면 다 착각이었다.

한때 내가 존경했던 이들, 내가 선망했던 이들이 알고 보니 그저 보통의 사람들에게 지나지 않은 존재임을 깨닫게 되었을 때 나는 나의 이 착각이 처연했다. 보통의 사람이라도 되면 다행이지 아예 인간 말종인 경우도 있어서 한숨이 절로 나온다. 그 사람이 대단한 사람일 줄 알고 눈에서 꿀 떨어지고 동경했던 지난 날은 그저 어린 시절쯤으로 치부하고 싶다.

그냥 단순히 브랜딩이 잘 되어 있는 것인데 그게 진짜인 줄 알고 혹하고 고평가를 한 것이다. 인생을 직접 부딪혀서 살아가면서 깨닫는다.

명예와 권위라는 허상

글을 쓰면 이 글이 어떤 대단한 의미가 있는 것처럼 평가받는 것에 의의를 두는가 하면, 독자가 공감하며 읽는 것에 더 의미를 두는 경우가 있다. 박식한 지식의 눈으로 해석한 평을 보면 작가가 생각지도 못한 부분을 발견하기도 한다. 글은 별 내용 없는데 평이 화려해서 마치 글이 진짜 그런 것 같은 착각마저 든다. 내가 봐선 모르겠는데, 그 업계 사람들이 훌륭하니까 그런가 보다 넘어간다. 그렇게 점점 관심에 멀어진다.

권위라는 것은 그렇게 만들어진다.

권위자는 존경을 받고 어떤 위치를 가진다. 사람들은 열정을 갖고 권위자에게 인정받고 싶어한다. 권위자의 눈높이 맞추기 위해 노력한다. 인간의 마음이란 간사해서 권위가 높아지면 교만해지고 사람들이 만만해진다. 따라서 제멋대로 행동하는 부분이 많아진다. 게다가 권위가 높아지면 언젠가 가졌던 순수한 마음을 잊고 자신의 잘못을 깨닫지 못한다. 오히려 반항하는 약자가 나쁘다고 생각하는 오류를 범한다.

권위나 명예는 그 자체로는 훌륭하나 인간에게 적용하기에는 허상에 불과하다. 그러한 허상에 심취하면 제대로 된 판단을 할 수 없고 옳고 그른 것에 대한 구분이 불가능해진다. 권위는 타인에 의해 만들어진 허상으로 나에게 적용하기가 참 어렵다. 권위자가 마음대로 행동하지 못하게 하기 위해서는 그 권위를 비판적으로 보면 된다. 소 닭 보듯이 하면, 별 수 없다.

권위는 담론(말)으로 만들어지는 것이므로 어쩌면 개똥도 '이 똥이 현대사회를 대표하는 배설물의 가치를 가지며 세계에 대한 불안 의식을 담은 기표'라는 허울을 붙여 그 가치가 1,000만 원짜리라고 부를 수 있는 허언 같은 것이다. 그러니 잘 알지도 못하면서 인정부터 해주는 것은 어리석은 일이다.

물

살아가면서 이 악물고 다시 일어나는 것은 정신적
지주에 있다. 내가 살아갈 이유, 내가 누군가를 위해
살아간다는 목표 의식이 있으면 이겨낼 수 있다. 정신
력은 그런 것에서 나온다, 그런데 정신적 지주는 처음
부터 없다. 내가 내 상황을 이겨내기 위해 만든 허상
이고 처음부터 존재해지 않았던 허구이다. 정신으로
만들어진 것이므로 비존재라고 할 수는 없겠지만, 그
믿음도 어떤 의미에서는 착각이고 단지 내가 그때 간
절히 필요하고 절실히 힘들어서 만들어낸 신기루 같

은 것이다. 가령 영하의 추운 날씨에 숲에서 홀로 죽어간다면 극심한 더위를 느끼고 옷을 벗은 채로 동사한다. 그런 절실하고도 간절한 신기루가 바로 정신이다.

　살면서 걱정을 할 필요가 없다. 인생은 그냥 흘러가는 것이다. 인간도 물과 같다. 물처럼 그냥 흐른다. 물에는 뼈가 없고 뿌리가 없고 토대가 없다. 어떤 길이든지 물은 흘러간다. 거슬러 흘러갈 수 있어도 뒤돌아보지는 않는다. 때로 시냇물이 되어 누군가에게 기분 좋게 목격되고, 때로 구정물이 되어 남들이 피해간다. 그리고 거대한 수챗구멍에 빨려 들어가고, 그 깊은 수렁 앞에서 사람들은 저 물이 어디로 가서 어디로 나오는지 모르기도 한다. 물은 고여 있기도 하고 흐르기도 한다. 물속에는 많은 입자와 작은 생명체들이 존재한다. 거대한 물이 되어 누군가를 집어삼키기도 하고 다 말라붙은 물이 되어 살고 있던 생명체들을 다 고사시키고 바닥을 드러내어 언젠가 실종된 사람들의 유골을 보여주기도 한다. 폭포가 되어 장관을 일으키고 세숫대야에 담겨져 누군가의 얼굴을 씻어주고 많은 모난 것들을 침식시키면서 겸손하게 한다. 이토록 인생은 흘러가는 것인데 무슨 절대자가 필요한가. 구정물로 살아간들, 호수로 살아간들, 연못으로 살아간 듯 그저 주어진 상황에 맞게 살아가면 되는 것이다. 구정물에서 사는 대찬 물고기를 만나고 호수에 날아오는 새를 만나고 연못에 사는 연꽃을 피우며 살아가는 것이다. 구정물이 무서워서 속 조이게 고민할 필요가 없다. 맑은 물에만 사는 물고기는 조금만 환경이 나빠지면 죽지만, 구정물에 사는 물고기는 다르다. 1급수 물고기가 되려고 열심히 공부하고 뒷배경을 이용하고 지위를 확보하려고 노력하지만, 인생의 고비 앞에서 좌절하기 쉽다. 무슨 일이든 할 수 있는 자신감, 그 앞에서 인간은 강인해지는 것이다. 그동안 했던 고민이 얼마나 한심한 것인지 스스로 깨달으면서. 인간은 끊임없이 흘러가며 타자와의 관계를 통해 오만가지 변신을 하며 그렇게 살아가는 것이다,

보이스피싱

    모르는 번호로 걸려오는 전화는 받지 않는다. 어느 순간부터 습관이 되었다. 아마 많은 분들이 이렇게 하고 있을 것이다. 받아봐야 모르는 사람이 이상한 소리나 해서 기분만 언짢다. 그러다 정말 중요한 전화를 받지 못하게 되기도 한다. 신뢰성을 확보하기 위해 무슨 대단한 기관 소속인 것처럼 행세하고 이익이라도 주는 양 사기를 치는 작자들이 많아서 어쩌다 걸려오는 전화 한통도 신중하게 받을지 말지 생각해야 한다니 참 한심하다. 보이스피싱, 로맨스스캠처럼 모르는 사람의 빈틈없는 거짓말에 넘어가면 피해가 막심하다. 때로는 가전제품 대리점, 수리기사 전화를 받는 것도 어려울 때가 있다. 그냥 아무것도 안 믿는 게 맞다는 생각이다.

사실 이 정도는 아무것도 아니다. 실제로 아는 사람 혹은 어떤 관계로 만나는 사람 중에 더 심한 경우가 있다. 사회적 위치가 확보되어 권력적인 사람도 보이스피싱과 유사한 행동을 한다. 그 사람이 어떤 사람인지 확실히 몰라도 그 사람의 직업과 위치로 말미암아 신뢰도가 어느 정도 확보되는 경우가 있다. 존경받는 직업을 가진 사람이라면 사실 거의 경계하지 않았다. 적어도 예전에는 그런데로 믿을 만 했다. 그런데 지금은 그런 부류의 사람들이라고 해도 모르는 번호로 걸려오는 보이스피싱과 다를 바가 없을 때도 있다. 보이스피싱 일당이 원하는 것은 무엇인가? 바로 돈이다.

돈을 끌어내기 위해서 논리적인 말하기로 현혹한다. 때로는 협박도 한다. 권력기관을 행세하기도 하고 겁을 주기도 한다. 전문가 행세를 하면서 우위에 서려고 한다. 실제로 전문가이면서 사람들의 자문을 받는 이들도 범죄형에서 벗어난 소위 보이스피싱을 한다. 그들도 목표는 돈이다. 인자하게 상담하고 전문가로서 조언하면서 결국은 원하는 것은 돈이다. 그들의 논리에 빠져들면 나도 모르게 수긍하게 되는데 그것은 가스라이팅이라고 한다. 전문가는 소통이라는 방법으로 대화하며, 질문을 통해 공감을 이끌고 본인이 결론 내리고 피드백하여 수긍하게 만들어 자신의 목적을 밀어붙인다. 이것이 전문가이다. 따라서 모르는 번호로 걸려오는 보이스피싱 일당과 사실 다를 바가 없다. 형식만 다를 뿐이지 내재적으로 유사한 점이 아주 많은 것이다. 누군가의 욕망을 이용하기도 하고 간절함을 노리기도 한다. 따라서 욕망이나 간절함이 있다는 것은 상당히 위험한 일이 되기도 한다. 과잉진료, 과잉 수업료, 과잉 상담료도 이것에 해당한다. 사기꾼들도 내세우는 것이 권위와 권력이니 그것잉 얼마나 나약한 사람의 정신을 혼탁하게 만드는지 새삼 문제의식을 갖게 된다.

사람들은 대면을 통해 직접 소통하고 확인하고자 한다. 좋은 방법이긴 하나, 상대방의 실체가 확실하다고 해도 궁극적인 최종점은 돈의 영향력은 달라지지 않는다. 슬픈 일이지만, 모든 것은 돈을 벌기 위해 돌아간다.

따라서 때로는 친구도 선생님도 지인도 가족, 배우자도 누구나 보이스피싱 일당이 될 수 있는 것이다. 돈과 관련되면 정상적으로 돌아갈 확률은 많이 낮아진다. 내가 이 책에서 누차 본질은 존재하지 않는다고 주장하고 있는데, 사실 그것도 모두 돈의 영향력 때문이다. 본질은 그저 껍데기일 뿐이지 돈 문제가 얽히면 변화무쌍하게 돌아간다. 돈에 의해서 이래저래 움직이는데 어떻게 본질이라는 것이 존재하겠는가. 돈은 지구의 중력처럼 세상 모든 일에 자장을 일으킨다. 관계성이 형성되면 친밀함으로 인해 객관적인 판단이 흐려지므로 더욱 용이하다. 돈 앞에 의리가 있을까? 사람마다 다르지만 돈의 위력은 대단하다.

보이스피싱은 절대로 약속을 지키지 않는다. 온갖 허위로 속이는 데는 일단 의도를 관철하기 위함인데 그런 말에 책임감이 어디 있겠는가. 보이스피싱화된 일반 사람들도 그렇다. 자기가 해 놓은 말은 지켜지지 않고 도리어 화를 내며 피하게 된다. 내가 알던 그 사람이 맞나 싶을 정도로 달라진다. 큰 상처가 따르는 일이다. 따라서 대화에 휘말리지 말고 결론적으로 말하는 의도와 목적을 살펴본 뒤, 아무리 친했어도 아무리 존경했어도 아니다 싶을 때는 보이스피싱의 일종으로 생각하면 맞다.

진짜 보이스피싱은 아는 번호로 아는 사람에게서 일어난다.

왜 욕망하는가

초판 1쇄 발행 | 2025년 5월 12일

지은이 | 김지연
펴낸이 | 김지연
펴낸곳 | 마음세상

출판등록 | 제406-2011-000024호 (2011년 3월 7일)

ISBN | 979-11-5636-619-5 (03810)

원고투고 | maumsesang2@nate.com
블로그 | blog.naver.com/maumsesang

* 값 18,500원